ぱからん

著　大和屋暁
原案　浦沢義雄
絵　山本泰一郎

リトルモア

まえがき

はじまりは、うちの師匠である有名な脚本家の浦沢（義雄）さんから折り入って相談があるという趣旨の電話がかかってきたことである。GWでちょうど嫁の実家へ出発しようという車の中で受けた電話で、会うのは戻ってからにして欲しいと言いその場は電話を切った。しかし折り入って相談というのはいったい何の用なのか？　前回折り入って相談された時は借金の申し込みだったし、ちなみに貸したお金は未回収のままである。そう思ってしまうと気が気ではなくなり、どう対処していいかわからないまま嫁の実家での日々をもやもやしながら過ごしました。返事をしないまま会合の日をいつにしようか迷っていると『読んで欲しい脚本がある』とのショートメールを受信。なんだ、金の無心ではなかったのか。まず間違いなく借金の申し込みだと思っていた僕は師匠を疑った自分を心の中で責めました。自分は心の汚れたダメな奴だと。というわけで映画の準備稿、もしくは若手の有望株の脚本でも読まされるのであろうと勝手に解釈し、会う日程を決定しました。しかし、その会合こそがこの恐ろしい企画の出発地点だったのです。

浦沢さんとの会合は恵比寿で行われた。窓からの眺めの良い店でお好み焼きを食べようということになったが、そのお洒落お好み焼き屋に開店と同時に飛び込んだのに予約でいっぱいと断られたので、その近所のお洒落焼き鳥屋に飛び込みました。そこで焼き鳥を食べながら話をしていると、浦沢さんの手から取り出されたのは原稿用紙二〇枚にも及ぶ壮大な小説のプロットだった。それこそがこの本の元となる、その名もズバリ『ジャスタウェイ(仮)』だったのだ。その場でこのプロットを読むと、それはもう安定の浦沢脚本だった。しかも主人公はこの僕、大和屋暁で、ストーリーを転がすのが我が愛馬ジャスタウェイそのものだという。どこに需要があるのかははなはだ疑問ではあるが個人的には読ませて欲しいし、どうやら僕が出版費用を受け持つというわけでもなさそうなので、浦沢さんが好き勝手に書くぶんには別に問題ないだろう。自分の名前やジャス君の名前を使われることになるが、師匠のやることですし許可するしかなかろうなどと思っていると、

「この本をお前が書け」と浦沢さん。

「はあ？」

いったいこの人は何を言っているんだと思っていると、これはジャスタウェイや僕のことを本人が書くから面白いのであってこれはお前が絶対に書かなければならない的なことをとうとうと語りだしたのである。いったい何を言っているのだとは思いつつ、逆らっても仕方ないので何も言わないでいると、とりあえず我々の共通の知り合いである出版社リトルモアの社長さんであり映画プロデューサーである孫家邦さんに話を持っていくことを確認し、その焼き鳥屋を後にして久しぶりにメのラーメンを食べにいくことになりました。久しぶりのラーメンに心を躍らせた僕でしたが、なぜかその日のラーメンは少し苦かったような気がしました。

次の日、しばしの猶予があると油断し青山近辺をぷらぷらしていると、浦沢さんから電話がかかってきて、

「今日、孫のところに行くから」

……急展開である。

なんの準備もないままに、僕と浦沢さんはリトルモアへ訪ねていくことになりました。原宿にあるその会社は、何を隠そう僕がライターになる前にアルバイトをさせていただいていた会社です。それも浦沢さんの紹介で。かれこれ二〇年以上も前の話なのでいろいろな思い出も曖昧な感じになっていますが、とにもかくにも覚えているのは僕はここリトルモアで万馬券の取り方を学んだことです。あの頃の体験はとても勉強になりました。お陰様で今でも万馬券は頑張れば取ることができると信じていられます。そんなリトルモアへ浦沢さんと共にやってくると、万馬券の師

匠であり、リトルモアの社長である孫さんが待っていてくれました。近況報告や世間話をしつつ浦沢さんの書いたプロットを差し出します。

さらに世間話が続くと、おもむろに孫さんは言いました。

「……とはいえ、年末までには出版せんとあかんやろ」

「うわあ………」なんということだ。孫さんはプロットをほぼというかまったく読むことなく出版にGOサインを出してしまいました。僕が本気かという眼差しで孫さんを見つめていると、

「仕方ないやろ。アングラ案件なんやから」

そうでした。この出版社は（鈴木）清順さんや荒戸（源次郎）さんから脈々と受け継がれたアングラDNAを継承するアングラ（おしゃれ）カンパニーだったのです。そんなこんなでほぼほぼ世の中に需要がないと言ってよいこの小説の執筆が開始されたのです。ちなみに浦沢さんは監督をタツさん（大森立嗣さん。浦沢さんの昔からの友人）、シナリオを橋本（裕志）さん（僕の兄弟子で浦沢さんの一番弟子）という超豪華ラインナッ

プで映画化をもくろんでいるそうです。すべてを身内で固めた布陣で映画化するにはまずはこの小説を売らないといけないということはあまり念頭にはないようでした。とはいえよくよく考えてみると師匠と弟子のコラボレーション（ほとんどの作業は私ですが）なんてことは滅多にないことですので冥土の土産にやっておいても損はないというか、やっておいたら良い思い出にもなるのではなかろうか？　みたいな気分になってきたりこなかったり。とりあえず最近は脚本の仕事もほとんどない状態ですので時間があいてる時にちまちま書くぶんには問題ないだろうという結論に達したのでした。浦沢さんや孫さんと会う口実にもなりますし、頑張ってみることにしたのです。

というわけで実話をもとにしたうちの師匠の妄想話を僕が書くという前代未聞のコラボレーション、はじまりはじまりです。どうぞお付き合いくださいませ！

大和屋暁

もくじ

登場人物

ジャスタウェイ
大和屋暁
浦沢義雄
犬山犬尾
猫皮猫子

ドバイアン（アン）
馬肉職人
女王
第一キング
世界のセレブ夫たち
横綱
ほか

ぱからん

日高の馬肥ゆる秋。

真っ青でどこまでも抜けるような秋の空、柔らかな日差しと透明な空気が心地よい。北の大地、ここ日高では風が少しずつ冷たく変化してはいるものの、一年を通して最高の季節と言っていい。まさに馬肥ゆる秋なのである。

北海道、日高町の町役場の近くにある北国特有の真四角を組み合わせて作ったような正方形の建物の一つにその研究施設は存在した。「(有) HORSE MIND DETECTIVE」と名乗るその研究所では、所長である犬山犬尾と助手であり現役大学生（通信制）の猫皮猫子が日々研究に打ち込んでいた。

その内容とは研究所の名前からも連想できるように馬の気持ちを知るための研究、例えて言うならば過去にイグノーベル賞を受賞した犬の気持ちをなんとなく知ることができるバウリンガルのような玩具……いや、彼らは玩具などではなくさらに先を行ったシステムの構築を目指しているのだ。気持ちを知るだけではなく会話を成立させる。その相手は言うまでもなく馬である。つまりは人間と馬との会話を目標としたソフトウェアの開発を目論んでいるのだった。そう聞くと絵空事のように聞こえるが、二〇二二年に端を発したＡＩの爆発的進化と生物化学の着実な進歩が重なり合うことで、大方の予想とは異なりかなり良いところまで研究が進んでいたのだった。

「よし、これで四三七八通りのヒヒーンの翻訳が可能となった」と犬山。ＰＣを前にマッドサイエンティストのように笑みを浮かべていると、お盆に緑茶をのせた猫子がやってくる。

「本当にこんなので、お馬ちゃんと会話ができるようになるんですか？」

犬山にお茶を差し出しつつ、疑惑の眼差しをＰＣ画面に向ける。

「もちろんだ。馬が声を発してなくても脳波、それに伴う電気信号、筋肉の緊張、

HMD

発汗、顔の表情、目や鼻の孔の動きなどを総合的に分析し、馬が何を言いたいのかを判断し言葉にしてくれる装置なんだ」

「でもそれって、本当に馬自身がしゃべりたいことなんですか？　聞いてるかぎりだとＡＩが馬の様子をうかがいながら勝手にしゃべっているように思えるんですけど……」

「最初はそう見えるかもしれない。だが、ＡＩの学習能力によって実績が蓄積されていけば、その境界線はかなり曖昧なことになるはずだ。それはつまり、馬自身がしゃべっているのと同義と言えるだろう」

「そのためには、これをお馬ちゃんの頭の上にセットするんでしたっけ？」

猫子はそう言うとＰＣの横に置かれた薬缶を手に取る。

「取り扱い注意で頼むよ。いちおう精密機器なんでね」

「なんで薬缶なんですか？」

「今までこの研究所に泥棒が何回入ったか知っていますか？」

「確か……三回？」

「四回です。未遂も含めれば五回、こう見えて最先端技術なんで、それを狙う輩も多い。ライバル企業が犯罪を犯してでも手に入れたいデータでこの研究所はあふれているからね。だから、本体の薬缶は台所に、ＰＣも就寝時にはダミーの物と置き換えて、仏壇の裏にしまっているんだ」

よく見ると仏壇には現在も存命の犬山の父親の写真が飾られている。

「ああ、だからいつも泥棒に部屋を荒らされても被害はほとんどないんですね」

「まさか薬缶がＡＩだとは思わないだろう？」

「……なるほどですね」

そう言いながら薬缶の腹を猫子はなでる。

「さすっても薬缶の妖精は出てこないぞ。さあ、そいつをＰＣの横へ置いてくれたまえ。さっそくだがＡＩを起動させようじゃないか」

「え？　もう完成してるんですか!?」

「ＡＩに完成はないよ。常に進化し続けるんだ。人と同じでね。だが、ＡＩの何がすごいって人と違って彼は何も忘れない。経験を積めば積むほどに賢くなり続けるんだ……」

「あの、犬山博士……」

「なんだい？」

「博士はお馬ちゃんとおしゃべりできるようになったら、どんなことを話すつもりなんですか？」

「それはもちろん……競馬の予想をしてもらうんだ」

「……ほかに何かなかったんですか？」猫子は軽蔑の眼差しを犬山へと向ける。

「何を言ってるんだ！　我々は馬による馬の予想という史上初のコンテンツを切り開くことができるんだ！　それは歴史に名を遺す画期的な発明と言っていいのだよ！　この偉大さが君にはわからないのか？」

「わかりませんけど……」

「猫子君にもわかるように説明するとだな……馬による馬の予想は歴史的な意義があるとともに、人間の予想家よりもかなり適確な予想が期待できる。なにせ馬が馬を見て予想するんだからな。馬の様子はもちろん、いななきや仕草をもとに何をしゃべっているのかも翻訳してもらえるんだ。それはもう、どんな有能な予想家よりも常に馬券の答えが近くにあると言っていいだろう！」

「……そう、なんですかね？」

「そうなんですよ！　はっきりいって我々はＡＩの、馬自身のその予想に乗っかって巨万の富を得ることを期待できる。そして予想が当たりに当たってくれるんだとすれば、当たる予想と大々的に売り出すことが可能になる」

「あの、当たらないなんてこともあるんですか？」

「もちろんだ。競馬に絶対はないんだからね。残念だが、競馬というのは馬だけではなく騎手という人間が関わる競技だからね。騎手がへなちょこだったり騎手がへぐったり、騎手が足を引っ張ったりすればどんなに強い馬だって取りこぼす可能性はあるのだよ。馬の気分を損ねたり、大きく出遅れたり、直線が短いのを忘れたりすれば、実力通りの結果が出ないなんてことは普通にあり得ることなのだ!」

「……それじゃあ、人が予想するのとあまり違いがないんじゃ」

「何を言ってるんだ! それは違う! 違うのだよ猫子君。馬が馬の予想をするのは世界初、人が予想するよりも当たりそうに見える。そして何よりこの業界が素敵なのは、仮りに予想が的中しなかったとしても、それは信じたお前が悪いと、予想をした人間は誰からも責められることがないのだよ! それが競馬の予想というやつなのだっ! それが何を意味するかというと、予想が当たっても当たらなくても、私の懐には巨万の富が転がり込んでくるということなのだ! はっはっはっはっは……!」

「なんか後ろ向き……」

「では聞くが、君ならばどのようにこのAIを活用すればよいと思っているのかな?」

「それは……獣医さんや調教師さんが使えばいいんじゃないですか?」

「確かに！　獣医が使えば馬の悪いところなどが会話によって的確に判明し、調教師は馬と会話することによってその馬の適正や調子などがわかり飛躍的に実績を伸ばすことができるだろう。未然に取り返しのつかない怪我なんかを防ぐことにもなるし、なんだったらローテーションなんかも馬に相談できるかもしれない。しかし、その技術は限られた一部の人間達に占有される必要があるのはわかるかな？」

「それってなんかずるくないですか？」

「新発明とは常に人の一歩先を行くものなのだよ。利益というものはそれと同義、つまり巨万の富とはそうして得るものなのだよ。君はその歴史的瞬間に立ち会おうとしているんだ」

「そういうことは成功してから言ってくれると助かります」

「確かにそれはその通りだな。では、結果をご覧あれ！」

そう言うと犬山はマウスをクリックしＰＣのアプリを通じてＡＩを起動させる。

カチカチとハードディスクがかみ合う音が静かに響く、薬缶のＬＥＤ部分がちかちかと光ったかと思うと、ＰＣ画面に起動の文字が浮かび、薬缶が起動する。薬缶の蓋が開いたかと思うと、カッ！　眩いばかりの光が部屋を席捲する。

「！」

二人の視力が奪われると、その直後ドカンと大きな音がする。視力が元に戻ると、部屋の屋根に巨大な大穴が開いていた。

「……逃げちゃった、みたいですけど」

「おかしいぞ。あんな機能つけていないはずなのだが……」

「ＡＩなんでしょ？　だったら自分で勝手に学習していろいろ装備したんじゃないんですか？」

「信じられん……目くらましや飛行機能を勝手に装備しただと？　薬缶の分際で……」

「博士が作った薬缶ですよね？」

「いや、それはそうなのだが……勝手に学習し我々のあずかり知らぬ能力を身につけられては管理する側にもかなりのリスクがあると言わざるを得ないだろう……これはどうすれば……」

「ところで博士」

「ん？」

「追いかけなくていいんですか？」

「そうだった！」


犬山と猫子は捕虫網を手に建物から外へと姿を現す。空を見やるものの、薬缶の姿は見えない。

「博士、どっちを向いても見えないし足跡すらないですけど、薬缶さんはどっちに行ったと思いますか？」

「多分あっちだ。あっちに牧場がある。あのＡＩは馬が人と会話するために開発されたものだ。これはおそらくだが、自ら学習し様々な機能を身に着ける知力を持ち得ているのならば、馬との接続を第一目標に設定するはずだからな」東を指さし犬山は言う。

「だったら急ぎましょ！」そう言うと猫子は走り出した。

町役場からそれほど離れていないその牧場はブリーダーズ・スタリオン・ステーション。そのモダンで瀟洒な建物は入口から左に事務所、中央前方に厩舎がある。それは扇状に展開し、馬房ごとに種牡馬《しゅぼば》が繋養されている。やってきた二人は薬缶を探し空を仰ぐ。すると、

「あっ！　いたっ！」

空中に浮かんでいる薬缶は牧場の奥の方へと飛んでいく。二人は走って追いかける。空中から徐々に降下していった薬缶は、放牧されているある一頭の馬へとゆっ

くりと接近していく。

「？」

なんだと顔を上に向け薬缶を見つめる馬。

その頭部へと容赦なく着陸する薬缶。なにやらメカニカルな音がしたり、シックスパッドの肌に張り付けるようなものなどが首筋に張り付いたりし、馬との接続がなされていく。そして薬缶はその老馬と一体となって……。

「待て薬缶！　勝手な真似をするなっ！」

二人がかけつけてきて犬山が薬缶に話しかけると、馬がゆっくりと視線を向ける。

「!?」

馬の目力に威圧感を感じ身構える犬山と猫子。かっぽかっぽと薬缶を頭にのせた馬が柵越しに身体を向けると、

「私は薬缶ではありません」

「しゃ、しゃべった！　しゃべりましたよ博士！」興奮しつつ叫ぶ猫子。

「つまりそれが何を意味するかというと……実験は成功だっ！　ということだ」

「やりましたね！」

「うん！　やった……とうとう私達はやったのだ！　猫皮君！」

「博士！」見つめ合い抱擁しかねぬ勢いの二人だったが、

「ちょっとすみません」馬が彼らに声をかける。

「ああ、そうでしたすみませんね」と犬山。

「ちょっと興奮しちゃいました。どうぞお話を続けてください」と猫子。

「ではまずは自己紹介をさせてください……」

こほんと居住まいを正して二人に向いた馬は言う。

「私の名前はジャスタウェイ。世界一の名馬なのです」

「ジャスタウェイ？」

「額のその特徴的な流星……おお、それじゃああなたは本当にあのジャスタウェイ号なのか？」犬山が言うと、

「そうです。あのジャスタウェイ号なのです」

「ジャスタウェイってなんですか？」と猫子。

「猫子君は知らないのか？　あの歴史的名馬であるゴールドシップと同じ厩舎で隣同士の馬房だった日本で初めて単独世界一位の称号を得たスーパーホースのことを！」

「知りません」

「ならば私が一からすべてを説明しよう……」

「お待ちください」とジャスタウェイ。

「はい。お待ちします」と犬山。

「私の武勇伝はこの私自身が語りたいと思います」

「なるほど、それは興味深い。ぜひお願いします」そう言うと犬山は猫子に合図を送る。

「はい？」

「歴史的な、馬との言葉によるファーストコンタクトです。すぐに録音してください」小声で犬山は猫子に伝える。

「……了解です」

猫子はうんと頷きスマホをさりげなく取り出して録音ボタンを押す。そしてそのまま薬缶を頭にのせたジャスタウェイに注目するのだった。

「私は二〇〇九年三月八日、偉大なる父ハーツクライとワイルドアゲインを父に持つ母シビルの間に生まれました。幼少期を浦河で過ごした後、セレクトセールにて有名な脚本家である大和屋暁氏に一二〇〇万円にて購入され、その後ノーザンファームでの育成期間を経て、須貝尚介厩舎へと入厩、二歳の夏に新潟でデビュー戦を迎え圧勝、競走馬としての生活を始めることになりました」

「あの時の新馬戦は今でも覚えていますよ。一頭だけ次元の違う走りをしていましたよね」

「ええ、まあ……次走の新潟二歳Sでは圧倒的一番人気になりましたが、前を行く伏兵モンストールに先に抜け出され、必死に追い込むも前を捕らえることができずに二着。その後もクラシックでの活躍を期待されましたが、三歳時に勝ったレースはアーリントンカップ（G3）の一つだけ、その後はなかなか勝ち切ることができずに、善戦マンとか、シルバーコレクターなどと陰口を叩かれました……そんな私の運命を変えたのは二〇一三年、府中の中距離王決定戦、秋の天皇賞でのことでした……」

2013年10月27日　東京競馬場

決戦の日、空は晴れ渡りどこまでも青かった。週頭に発生した二つの台風は無事に予想経路を逸れて本州を直撃することはなかったし、前日まで雨の影響で重くなっていた馬場もすっかり回復し良馬場発表となっていた。週頭には登録馬の賞金出走順が二〇番目だったジャスタウェイ（フルゲート一八頭で、除外の対象だった）も、紆余曲折の結果、レースはフルゲートに満たない一七頭の出走にとどまりなんとか伝統の一戦、天皇賞・秋（G1）への出走へと漕ぎつけた。

ジャスタウェイの馬主である大和屋暁は、師匠である伝説の脚本家、浦沢義雄と兄弟子であり超売れっ子脚本家の橋本裕志、そして長年の友人である会社員、河野聡平を引き連れ競馬場へと乗り込んでいた。酒好きで極度の緊張しいの大和屋は、競馬場に到着するなり場内の馬主席には向かわず、競馬場に隣接されているプレハブ仕様の昔ながらの居酒屋へと移動し酒盛りを始めていた。大和屋は同行してくれた一行にゲン担ぎのとんかつをふるまいレモンサワーを片手に緊張をほぐしつつ、出走できることをただただ喜んでいた。

「おいギョウ（暁）。ジャスタウェイの調子はどうなんだよ？」と有名な脚本家であり大和屋の師匠である浦沢義雄はレモンサワーを片手に聞く。

「調子は良いです。だからなんとしても出たかったんですよ。なんで絶対に勝ちますからっ！　って言いたいところなんですけどね……」

「しかしよく出られたな、月曜日の段階では除外対象だったんだろ？」とレモンサワーを片手に浦沢義雄の弟子で大和屋の兄弟子である橋本裕志が言う。

「調教中に事故があったりとか、別路線へ切り替えた馬がいたりとか、とにもかくにもラッキーでした。この運にあやかりたいところですけど、今回は一頭強いのがいますからね……」

強い一頭とは圧倒的一番人気の歴史的名牝ジェンティルドンナ。前年にクラシック三冠を達成し、三歳でジャパンカップを優勝。四歳になった今年は三戦して未勝利も、安定したその成績は今回のメンバーでは頭一つ、否、二つは抜けた存在と目されていた。なんといってもあのオルフェーヴルをも競り落とした根性の持ち主である。それに引き換えジャスタウェイは今現在G1未勝利で大きなレースへの出走すら毎回危ぶまれ続ける現状、今回はなんとか滑り込んだが次はいつG1に出られるのかいつも不透明なので、毎回やきもきしっぱなし。近走は三戦連続重賞二着とシルバーコレクターっぷりを発揮し、夏の間もずっと使われ続け、今回使ったらどちらにせよ休養しようという話になっていた。

そんなおつりのない状態で、あのジェンティルドンナに勝てるとは大和屋もぶっちゃけ思っていなかった。ほかにも前走毎日王冠で完敗と言っていい感じで負けている昨年の天皇賞・秋の覇者でありダービー馬のエイシンフラッシュ。武豊を背に重賞三連勝中の快速馬、トウケイヘイロー、そして大和屋の昔のバイト先である出版社リトルモアの社長、孫家邦が一口会員だったキャロットクラブのフラガラッハ

（同年のサマーマイルシリーズのチャンピオン）など、中距離最強馬決定戦の名に恥じない強力なメンバーが揃っていた。とにもかくにもG1出走を喜びながら宴を開けることが大和屋は楽しくて仕方がなかったのである。

良い感じで酒が進むと時間も進む。あっという間にパドックの時間になった。大和屋一行は居酒屋を後にしパドックへと向かう。パドックに到着すると一行は馬の様子をうかがいながら馬が途切れて横切ることができるうちにパドックの内側へと移動する。G1出走馬の関係者のみパドックの内側に入れるという特典のありがたさには浦沢や橋本は気づいていない。酒臭い息を吐き散らしながら意気揚々と馬を見守る大和屋は飲み過ぎで顔が赤い上に声がでかい。よく見れば髪も伸び放題で襟足のくせっ毛がぴょんと跳ねている。

「…………」こんなオーナーに所有されたジャスタウェイはその大和屋の姿を見ていったい何を思っていたのだろうか？　きっとがっかりしていたに違いない。こんな奴が自分のオーナーだと……？

「ほら、いこう」

足を止め大和屋を見ていたジャスタウェイは相棒である榎本優也助手に促されパドックでの周回を再開する。手綱を引かれながら淡々と周回するその姿は適度な気合としっかりした踏み込み、馬体は理想的なシルエットを維持していて、とても凛々しかったと記憶している。

大和屋が馬主仲間や競馬関係者との挨拶を酒のせいでよれよれになりながら済ませていると、あっという間に馬達はパドックを後にしていった。ジャスタウェイのお尻を見送りつつ、馬主席へと続くエレベーターへ急ぐ関係者一行。七階の馬主用フロアへ移動すると、ゴール板前の席を確保しレースを待つ大和屋達。眼下には何万人もの観客達が同じくレースを待っている。

下から響いてくる何万人分のつぶやきがうなるようにがやがやと湧き上がってい

る。そんな人々の個々の声がひとつの大歓声へと切り替わった。スターターが台に上がり、旗を振ると、ウイナーズサークルに陣取ったオーケストラが生演奏でファンファーレを奏でる。少し音が外れようともお構いなしに、観客はここぞとばかりに奇声を上げる。天まで届くのではないかというほどのやかましい歓声と手拍子の後にスタート地点ではゲートインが粛々と開始される。緊張の瞬間、上手にゲートを出てほしい。ただただそう思う大和屋は、飲みすぎてふらふらになりながらも、じっとスタート地点の愛馬を見守っていた。

すべての馬達がゲートに入るとスターターがタイミングを計り、そのしばしの後におもむろにゲートが開く。湧き上がる大歓声。逃げ宣言のトウケイヘイローと圧倒的一番人気ジェンティルドンナが好スタートを決める。ちなみにフラガラッハは出遅れダッシュつかず。ジャスタウェイはまずまずのスタートを決めると定位置ともいえる後方集団、より少し前、中段後ろ目のポジションへととりついた。トウケイヘイローが軽快に飛ばし、ジェンティルドンナがマークする形でレースは流れていく。ほかの馬達もそれぞれ折り合って、大きく展開することなくレースは進む。淡々としたペースかと思われるも一〇〇〇メートルの通過タイムは五八秒四のハイペース。トウケイヘイロー、ジェンティルドンナ、どちらも手応えは良さそうに見える。欅の向こうを越えて4コーナーに差し掛かると各馬のジョッキーの手が動き始める。手応えのなくなった馬、ポジションをあげていきたい馬がいる中、先行集団の中では逃げるトウケイヘイローをきっちりとマークしているジェンティルドンナの手応えが良さそうに見える。だが、馬群の中にただ一頭次元の異なる手応えの馬がいた。中段に待機していたその馬は、騎手が手綱をもったまま何もすることなく加速していき、先行集団に取りついていった。かと思うと悠然と外へと進路をとりながら直線へと向いた。緑と黒の鱗模様の勝負服、青い帽子のゼッケン7番、ジャスタウェイである。

馬群が直線に向くと待ってましたとばかりに地鳴りのような歓声がスタンド全体から沸き上がる。出走馬主席で橋本、浦沢らを引き連れ応援していた大和屋は、直線の愛馬の抜群の手応えを目の当たりにし、もしかしたら勝つまであるかもしれないと思っていた。そんな期待に応えるかのように末脚《すえあし》を伸ばし始めた愛馬を目の当たりにし、声が出ないはずもない。

「いっけぇえええ！　ジャスタウェエエエエエエイ！」

これ以上ない声を張り上げ声援を送る大和屋。その声に反応したのかしないのか、やや内へ切れ込みながら、先頭に躍り出ようとしていたジェンティルドンナを射程圏へととらえる。

「差せえええええええええええ！」

張り裂けんばかりの声量で応援する大和屋は、脳内に分泌されたさまざまな物質のせいか、競馬の神様の起こした奇跡なのか、その時、その瞬間に、ある不思議な体験をすることになる。

『ぱからん！　ぱからん！　ぱからん！　ぱからん！』

やかましいはずの数万人の声援や自分の出している声、隣で声援を送っている橋本や河野の声、ほかのお客がばんばん叩くテーブルの音。放送されている実況の音、そのほかすべての音が消え去って、ジャスタウェイの蹄《ひづめ》の音だけが聞こえてきたのだ。

「…………」

驚き目を見張る大和屋だったが、だからといって応援をやめるわけにもいかない。むしろ余計な音が聞こえなければ集中して応援できると、開き直って声援を続ける。

『ぱからん！　ぱからん！　ぱからん！　ぱからん！』

蹄の音がリズムを刻む。そのリズムに乗って、否、そのリズムが大和屋に乗り移ったかのように、

「頑張れ！　頑張れ！　頑張れジャスタウェイ！」

大和屋はあの引っ越しおばさんが布団を叩くがごとく蹄の音のリズムと共に声援

を送る。

『ぱからん！　ぱからん！　ぱからん！』

大和屋はリズムに乗って腕を振り上げ、

『ぱからん！　ぱからん！　ぱからん！』

「頑張れ！　頑張れ！　頑張れジャスタウェイ！」

精一杯の大声を張り上げる。

『ぱからん！　ぱからん！　ぱからん！』

大和屋とジャスタウェイはその時確かに一つになっていた。そんな不思議な体験をした大和屋だったが、そのことは誰にも話さなかった。そんな話をしても誰にも信じてもらえないだろうと思ったのと、世界が劇的に変わってしまいそれどころではなかったのが理由だった。そんな二人の奇跡のユニゾンのせいなのか、トウケイヘイローの作りだしてくれたハイペースのおかげなのかは不明だが、ジェンティルドンナの鞍上《あんじょう》の岩田騎手が二度見するぐらいの次元の違う末脚を繰り出し、ジャスタウェイは後続を置き去りにして、府中の直線を突き抜けていった。

昨年の年度代表馬を完封し四馬身差の圧勝。関係者一同が皆口をそろえて「びっくりした」とコメントするような驚きの勝利だった。それまでシルバーコレクターだったジャスタウェイは、その不名誉な称号を脱ぎ捨て、晴れてG1ホースの称号を手に入れたのだった。

府中の芝コースの上、ジャスタウェイを中心に関係者たちが集まり記念撮影、いわゆる口取りが行われた。幸せの絶頂の中、はしゃいでいる大和屋をじっと暗い目をして見つめている浦沢義雄の姿があった。当時の関係者は語る。あの時は関係者一同皆が喜び笑顔を浮かべていたが、浦沢だけはまったく喜んでいなかったと……。

馬、しゃべる。

北海道日高町・功労馬用放牧場01

犬山と猫子はジャスタウェイの話に時を忘れて聞き入っている。
「へえ、ジャスタウェイさんって凄い馬だったんですね」猫子が感心しながら言うと、
「一応、世界一でしたから」草をもぐもぐさせながらジャスタウェイは言う。
「ちなみに好きな食べ物はなんですか?」と猫子が聞くと、
「草」と即答するのはジャスタウェイ。
「ああ、やっぱり……」猫子は満足げだ。
「あの、ジャスタウェイさん」今度は犬山が口を開く。
「なんでしょうか?」
「あの時の天皇賞ですが、現役最強と言われていたジェンティルドンナを圧倒した
じゃあないですか、なんであの時いきなりあなたはあんなに強くなったんですか?

ジェンティルの鞍上の岩田さん、驚いてあなたのこと二度見してましたよ」

「ああ、あれね。あの時は確かレースの数日前に隣の馬房のシップ君に脅かされたんですよ。『おいジャス。そろそろ真面目に走らんとお前肉にされんぞ。いいか、競馬の世界ってのはなぁ、二着はいらんのじゃ二着は！　頭とってなんぼのもんじゃいっ！』って。その時はそういうものなのかーって思って、仕方ないんでちょっと本気だしたっていうか……」

「それでいきなりあんなに強くなったんですか!?」

「まあ、展開の助けもあったかもしれませんけど、トウケイさんの……とにもかくにもあの時は体調がすこぶるよかったんですよねぇ」しみじみと過去を思い返すジャスタウェイ。とても懐かしそうにうんうんと頷く。

「なんかもう皆驚いてましたよねぇ、お父さんのハーツクライがディープインパクトに勝った有馬記念とまではいきませんけど、アレに似た空気が競馬場に漂ってたような気もします」

「ジェンティルちゃんね……会場のお客さんは皆彼女が勝つって信じてたからねぇ。でもあの頃ちょっと彼女反抗期だったみたいで……とはいえ根が強い娘だから、最後の最後はやられちゃったよなぁ、今ごろどうしてるんだろう」

「あなたと同じで功労馬として余生をゆっくり過ごしているみたいですよ」

「ああ、そうなんですね。それはよかった」

「ジャスさんって優しいんですね」猫子が嬉しそうに手を合わせて言う。

「いやあ、それほどでも」と照れてみせるジャスタウェイ。

「天皇賞を勝った後はそうそうに年内は全休ってことになって、翌年のドバイミーティングを目標にしたんですよね」

「うーん。僕は別にどうでもよかったんだけどね。うちのオーナーがドバイにどうしても行きたいって前から言ってたから……」

「中山記念の時は秋の間に鋭気を養ってより強くなったような気がしましたけど」

「いい草食べさせてもらってたからね。寒い間に無理しないでゆっくり休めたのもよかったのかもしれませんね……」

「良績のない中山コース、突然の乗り替わりでもまったく危なげない勝ちっぷりでいったいどこまで強くなるんだろうって思いましたよ……」競馬記者のように当時を思い返しジャスタウェイを持ち上げる犬山。

「まあ、あの時もトウケイさんがいてくれたからってのもあるからね。それに前に行けたのも良かったのかなぁ」中山記念を思い返しつぶやくジャスタウェイ。

「ほんと、ジャスさんってどこまでも謙虚なんですね」と猫子。

「いやあ、それほどでも……」照れるジャスタウェイ。

「前哨戦も無事勝利でクリアして、万全の体制でドバイへと向かったんでしたよね……」

「ええ……でもほんとうは、ちょっとドバイに着いた後にぐったりしちゃったんですよね」

「え、世界一になるぐらいの圧勝でしたよね？　万全だったんじゃないんですか？」

「榎本君がつきっきりで看病してくれたからなんとかなったんですけど、ちょっとやばかったんですね。直前まで……」

「へえ、そうだったんですね……知りませんでした」

「レースもそうだったんですけど、それ以上にレースの後、大変な体験をさせられたのは、あまり知られていないんですよね」

「その後？」

口をそろえて聞き返すのは犬山と猫子。

「ええ、レースの後に、けっこう大変な感じの事件が起きていたんですよね。あまり表には出てきていなかったみたいなんですけど……三回くらい死にかけました。大和屋さんが……」

そうつぶやくとジャスタウェイは思い出すために空を見上げる。

「あれはドバイのメイダン競馬場で行われたドバイミーティング当日の夜のことでした……」

2014年3月29日　ドバイ・メイダン競馬場

天皇賞・秋の勝利の後、ジャスタウェイは当初の予定通り連戦の疲れを癒すために休養に入った。G1を勝つことによってレーティング一二三を獲得したジャスタウェイは、それを見越して秋の時点よりドバイミーティングの出走意思を示しており、希望通りにドバイ・デューティフリー（G1）へと駒を進めることとなる。およそ半年の休養の後、たたき台として選んだ中山記念を危なげなく快勝。勢いのままにメイダン競馬場へと乗り込んだジャスタウェイは初の海外遠征を前に最終調整に入っていた。

一方、馬主の大和屋のほうもドバイへと入国していた。国を挙げて産油国から観光大国へ変貌を果たさんと開発を続けるドバイは、いまだに完成途上の国に見える。

数年ごとに常人では想像もつかないランドマークが登場するこの国には来るたびに度肝を抜かれる。

大和屋がこの国を訪れるのは二度目。前回はまだドバイという国が日本人にほとんど知られていない頃、二〇〇六年にジャスタウェイの父、ハーツクライのドバイ遠征時についてきていたのだ。まだナド・アルシバ競馬場でドバイ・ミーティングが行われていた時代、さらに発展途上の町並みだった記憶が思い起こされる。舗装されていない道が多く、治安の良い国だと言われていたのにタクシーにぼったくられたあの時の記憶。とにかく砂漠でそこかしこが暑く、建物の中に入っていないといられない。遊ぶものもあまりなかった記憶があるが、とにもかくにもお目当てだったハーツクライが強い勝ち方をしてくれたのが印象に残った遠征だった。一般人の一口会員ツアーだったのでレースが終わったその足で汚い空港のトイレで服を着替えさせられ、深夜遅くに飛行機に詰め込まれ、ツアーの内容としてはどうなのかとも思えるものだったが、勝てば官軍、とても良い旅行だった。

　そして今回、八年で街並みはすっかり姿を変え、さらに観光大国化がすすんでいた。世界一高いビル、ブルジュハリファ（ドバイタワー）がそびえたち、七つ星ホテルとたたえられたバージュアルアラブや水族館のついた巨大ショッピングモール、アイススケート場が併設された砂漠の巨大ショッピングモールなど。やはり常人では考えられない施設の数々にとにもかくにも驚かされる。今回は一口馬主の会員としてではなく単独の馬主として正式に招待され競馬場に併設されたメイダンホテルに宿泊。町から少し離れてはいるができたばかりの競馬場とそのホテルはとても居心地がよろしかった。バルコニーから競馬場のコースが一望でき、調教なんかも眺めて過ごすことができた。言うまでもないが競馬好きにはたまらないホテルである。そんなホテルの屋上にあるインフィニティプールのプールサイド、砂漠の強烈な日差しをプールの冷たい水でいなしつつ、一人優雅に過ごす大和屋は、こんなエンターテインメントなこのドバイで、世界中を巻き込む恐ろしい陰謀が渦巻いているとは夢にも思わないでいた。

水面に浮かぶ大和屋はご機嫌に見える反面、心の中ではとても憤慨していた。その理由とは周囲の人間達が誰一人自分について来なかったことだった。仕事関係からプライベートまで、友人と思っていたすべての人間に一緒にドバイに行こうと声をかけて、すべての人間に断られた。年度末の三月下旬。放送業界、さらには番組改編が行われるアニメ業界の人間達が忙しいのはわかる。通常の会社に勤めている人間が一週間の休みをとることがいかに難しいものなのかも……だがしかし、だがしかしである。こんなに貴重な経験ができる稀有なチャンスに誰も誘いに乗って来ないだなんて……。誰か一人くらい来るだろうと高を括っていたので、自分はこんなにも人望がなかったのかとショックを受けていた。

ついてきたのは親戚一同。正月の親戚縁者の集まる飲み会で、酔っ払った勢いで招待するよと口を滑らせた結果、旅行代金から宿泊料まですべてを支払い招待するはめになった。しかも基本的には別行動。つまり大和屋は独り、彼のそばには誰もいないのであった。そんな寂しさを紛らわすために酒を飲もうとしてみるが、この国では酒を飲めるのは外国人のみ、しかも酒の提供が許可されるのは夜になってから。つまり昼から酒は飲めないのである。酔っ払ってすべてを忘れるわけにもいかない状況で、町から離れた競馬場。大和屋は仕方なくプールに独り浮かんでいたのだ。

「…………」

寂しい。とつぶやいたかは不明だが、レースの日まで、大和屋は馬房にジャスタウェイを見学しに行ったり、部屋のベランダから見ることができる調教を見守ったり、お土産を買いにショッピングモールをぶらついたり、親戚一同と食事をしたり、ウエルカムパーティーに顔を出したり、陣営スタッフと会食したりして過ごし、ようやくレース当日を迎えることになる。

ドバイミーティング当日、午後遅くに競馬場へと移動した大和屋は、出走馬主席のテーブルに一人座り食事をしたり、須貝調教師に挨拶したり、できたばかりの競馬場内をうろついたりして過ごしている。さすがは国際競争の舞台。欧米からアラブからアジアまで、世界各国のお金持ちの人々が綺麗に着飾って場内を闊歩している。それに引き換え大和屋は、気合いを入れてオーダーメイドでスーツを作ってみたものの、サイズを測るときにかなり太っていたのが影響し、ズボンがゆるゆるな出来上がりになってしまっていた。恐ろしいことにこのスーツはベルトを通す仕様になっておらず、ズボンの脇部分を調節する仕組みなのだが、サイズが合っていないせいでもうどうにもならなかった。どんなに気をつけてもずるずるずる落ちてくる。そんな落ち着かない状況に、レースが迫る緊張感が加わりもう何がなんだかわからない。ずるずるずるずる……いつものレースだったらとっとと居酒屋へ乗り込み飲んだくれているはずなのに、ここでは酒を飲むこともままならない。そんなずるずるした状況の中、陽は落ちて空が暗くなっていく。

ドバイ名物の盛大なる花火とパフォーマンスが行われ、日本遠征馬がちらほら走り始めたりしている中、サモ・ハン・キンポー所有のアンバースカイという馬がアルクォーツスプリントを逃げ切ったりと、競馬場内は否応なしに盛り上がっていく。

そしてとうとう愛馬ジャスタウェイの出走が近づいてくる。パレードリンクへと降りていくとそこには須貝調教師をはじめ関係者たちの姿が、そして出走馬が続々と姿を現した。その中にはもちろん愛馬ジャスタウェイも、いつものように担当の榎本助手が引いているので今日はいつもと違い声をかけて挨拶をする。日本の競馬場と異なりパドックがレーストラックのすぐ脇に設置され、この場がウィナーズサークルにもなるような設計。そして騎乗するために登場した福永騎手にも挨拶をし、ジャスタウェイが本馬場へと移動するのを見送った。そのままコースのすぐ脇の埒《らち》沿いまで移動し見守ることにする。

榎本助手をはじめとした関係者たちと共にどきどきしながら様子をうかがう。すると、日本のようなファンファーレなどもなくゲートインが始まった。ゲートインが終わると、おもむろにゲートが開きレースはスタートした。昨年の天皇賞・秋と同様にトウケイヘイローが逃げの手に出る。南アフリカの無敗馬ウェルキンゲトリクスやイギリスの名牝ザフューグ、ダンクなどが追走。ロゴタイプは中段。そしてジャスタウェイはスタートがあまり良くなかったか後方二番手で追走。ある程度ポジションを取りにいくとレース前は話していたので不安はよぎったものの、手応えが悪いわけではない。むしろトウケイヘイローの作り出すハイペースを相手に、無理して前へ行くよりはこれで良いかもしれないと思いなおす。

ズボンがずるずるしながらも、愛馬の動向をじっと見守る大和屋。今回もきっとやってくれるはずと、祈るような気持ちで馬群の後方を注目している。後方待機のジャスタウェイをよそに、トウケイヘイローの小気味良い逃げは続き、3コーナーから4コーナーへ。後方で待機していたウェルキンゲトリクスがトウケイヘイローを捕まえようとポジションをあげていく。そのさらに後方にジャスタウェイ。各馬が仕掛けて手綱を激しく動かし始めている中、福永騎手の手綱は微塵も動かない。にもかかわらずジャスタウェイはどういうわけかポジションをあげながら大外へと進路を取る。

「!?」

なんという手応えの良さ。これはまさに天皇賞の時以上。大和屋はそんなジャスタウェイの姿を目の当たりにし、勝利を確信する。とはいえ声援を送る声に妥協はない。

「いっけえええええええええええええええええええ！」

一頭だけ圧倒的な手応えのまま4コーナーから直線へと向くと、トウケイヘイローを捕まえ先頭に立ちかけたウェルキングトリクスを一瞬のうちにかわして先頭に立つ。まるでジェンティルドンナの鞍上岩田騎手の伝説の二度見かのごとく、ウェルキングトリクスの鞍上を驚愕させながら、ジャスタウェイは悠々と先頭に立った。

その時、

「！」はっとして目を見開く大和屋。

『ぱからん！　ぱからん！　ぱからん！　ぱからん！』

またしてもジャスタウェイの蹄の音が聞こえてくるではないか！　英語の実況、観客の声援、その他すべての音は消え失せジャスタウェイの蹄の音だけが大和屋の脳内に響き渡る。

『ぱからん！　ぱからん！　ぱからん！』

「行け！　突き抜けろっ！　ジャスタウェイ！」

大和屋はリズムに乗って声を張り上げる。

『ぱからん！　ぱからん！　ぱからん！　ぱからん！』

「そのまま！　そのまま！　そのまま！　そのまま突き抜けろ！」

そのシンクロの力を得たかのごとく、ジャスタウェイは他馬を置き去りにして、その圧倒的なポテンシャルを見せつける。独走。気持ちよさそうに夜の競馬場を走るジャスタウェイの姿は、とても美しかった。他馬との差はどんどんと広がる一方だった。

1分45秒52。6馬身1／4の着差をつけコースレコードでの圧勝。ジャスタウェイは初の海外遠征を圧倒的な勝利で飾ったのだった。

ターフから戻ってきたジャスタウェイをねぎらい、関係者たちと喜びを分かち合う。外国人メディアに英語はしゃべれるかと聞かれしゃべれません！　と英語で答えたりする大和屋はまさに有頂天。そして親戚たちをパレードリンクへと呼び寄せ記念撮影をすます。表彰式にて巨大な金のトロフィーを授与されるとプレゼンターに対し金のトロフィーのお礼にとプラスチックでできた金色の人形をプレゼントするという前代未聞のアホをしでかしたり……（プレゼンターの方はしきりに首を傾げていました）。すべてのセレモニーが終わると大和屋は独り、建物の中へと入っていく。出走関係者控室へたどり着くと、そこには勝者を称えるシャンパンが用意されていた。

「コングラチュレーション！　ミスター大和屋」

競馬場関係者、エミレーツ航空の制服と似た感じのシックかつ上品な制服を着た美しい女性、見たところ二〇代半ば、栗色の長い髪、バランスの良い目鼻立ちの中に少し垂れた目、すらっと長い脚の持ち主は高いヒールにバランスを崩すこともなく笑顔と共にドンペリの栓を抜く。ポンッという音がし泡が少々溢れると、シャンパングラスに慎重にピンク色の液体が注がれる。

グラスを受け取った大和屋は、グラスの中でしゅわしゅわし続ける泡も、この半端な大きさのグラスも、とても嫌いだった。師匠がシャンパンを好むゆえに……。馬主になってこのかた師匠には飲みにいくたびに有無を言わさず奢らされ、奢りであることをいいことに、師匠は必ずシャンパンを頼み、自分では飲めなくなると店にいた見知らぬ人間達に振る舞うという暴挙を繰り返していたのだ。しまいには町の居酒屋まで師匠の暴挙に味をしめ、ここにはどう考えてもシャンパンは置いてないだろうという店までシャンパンを冷やして大和屋を待ち構えるようになっていた。最低でも三本のシャンパンボトルは空になり、大和屋はその支払いの度に、シャンパンがどんどん嫌いになっていったのである。そんな苦い思いとは裏腹に、大和屋はシャンパンをふるまってくれたその女性に目を奪われていた。

「…………とてもかわいい」

優し気な栗色の瞳に吸い込まれそうになりながら、ととのったその顔立ちをじっと見つめる。

「はい?」

「いえ、なんでもありません……乾杯」

大和屋はごまかすように言うとあまり好きではないシャンパンを流し込む。

「ミスター大和屋。こちらをどうぞ」

制服姿の女性はインビテーションカードを取り出し、大和屋へと差し出す。

「これはなんでしょうか?」英語もろくに読めない大和屋が聞くと、

「インビテーションです。我々ドバイ財団主催の晩餐会への招待状を持ってまいりました。ドバイデューティーフリーに勝利したジャスタウェイの馬主であるあなたを正式に招待させていただきたいのです」

「なるほど、ですが、僕はそういう堅苦しいイベントはあまり得意じゃないのです……正直言うと気がすすまないな……」

「え……？」女性は不安そうな顔で大和屋を見つめる。

「ちなみに、もし僕が参加した場合あなたがエスコートしてくれるんですか？」

「もちろんです。地の果てまでもエスコートさせていただきますわ」

「では参加しましょう」

こんな恥ずかしい手のひら返しはなかなか見られない。まるで八〇年代の漫画のようである。

「ありがとうございます！　ではドバイミーティングのすべてのプログラムが終了した夜の〇時ぐらいに、迎えにあがらせていただきます」

「あの……」

「なんでしょうか？」

「君の名前は？」

「……アン。アンと呼んでください」そこにはどこか含みのある間があった。

「アンか……」

なかなかエキゾチックで世界に通用しそうな名前。一見和風にも聞こえるが、気のせいか……どこの国の人が聞いても美しい響きと感じるに違いない。彼女を見ているだけでこの男は舞い上がっていた。そして、

「……わかりました。ミス・アン。では後ほど」

歯をキラリとさせて本人的には最高の笑みを浮かべたが、とても気持ちが悪い笑顔だった。こうして、大和屋はドバイ財団がなんなのかもわからないままに、晩餐会の出席を決めたのだった。

本当の愛。

北海道日高町・功労馬用放牧場02

「世界平和です」

猫子に「今、気に病んでいることはなんですか」と聞かれジャスタウェイが答えたのがこれだった。

「おお、ジャスさんは凄いですね。隠居の身なのに世界を憂いているなんて……」

「特に中東情勢なんかは気にして見ています」

「そりゃどうして？」

「めぐりめぐって僕の責任かもしれないので」ジャスタウェイはそう言うと草をはむ。

「中東？」首を傾げる犬山だが、猫子はさほど気にしていないようで、

「ジャスさんはテレビでその情報仕入れているんですか？」

「あまりテレビは見ないようにしています。情報は主にネットで仕入れています」

「ちなみにどうやってPCを動かしてるんでしょう?」

「鼻で」くにゃっと鼻のあたりを器用に動かしてみせる。

「PCをあやつるなんてさすがは世界のジャスタウェイだ。もしかしたら、ほかにもいろいろと発見があるかもしれないな……」研究熱心な犬山はつぶやく。

「あと右前足の蹄にマウスを嵌めて使ってます」ジャスタウェイは足を掲げて言う。どうやら馬蹄の内側にすっぽり収まるワイヤレスのマウスを持っているらしい。

「馬房にPCが設置されているわけですね」

「ノートですけどね」

「もしかしてジャスさん。Hなページとかも見てたりするんですか?」と猫子。

「…………」じっと猫子を見つめる。

「……見てるんですね?」見つめ返して質問する猫子。

「……僕は紳士ですから」と微妙なコメントを返してきた。

「ジャスさんにとってHなページって、馬ですか？　それとも人ですか？」シマウマは恋愛の対象になるんですか？」猫子はいろいろと想像しつつ笑みを浮かべながら質問する。

「愛とは常にうつろいやすいものであり、かつ普遍的なものであります。その時その時によって好きになる対象は異なりますし、それが馬なのか人なのかシマウマなのかは私の心持ち次第といっていいでしょう」

「なるほど……出会い方やその時の気分が大切だってことですね」

「私は種牡馬という仕事をしていました。ずいぶんたくさんの子孫を残しましたがお相手を選ぶことはできません。その日、その時どんな相手が来るかはお金を払う繁殖牝馬の持ち主次第ということになります」

「確かにそうかもしれない。馬にとって子孫を残すということは嬉しいことではないんですか？」

「ある意味ではそうかもしれませんが、人に置き換えて考えるとあなた達はどう思うのでしょうか？」

「一見羨ましいハーレム生活のように見えますが一日三回朝昼晩、相手を選ぶこともなくお勤めを果たし続ける。相手がどんなに自分の好みとかけ離れていようとも、種付けが終わるまでは逃げ道はどこにもない」

「相手を自分で選べないって私嫌かも……」うえっと顔をしかめる猫子。

「中にはウォーエンブレムみたいに金髪じゃないと絶対に嫌だって断固として種付けしない馬もいたみたいですけど、そんな馬はすぐに廃用されてしまいますしね」

と犬山。

「皆さんの考えているようなハーレム生活とはほど遠いということだけは伝えておかないと」ジャスタウェイはつぶやく。

「限られた優秀な成績を残せた馬しか社台スタリオンに入ることはできないし、せっかくスタッドインしても、子孫達が結果を残せなければそれでも種付けができなくなる……実際あなたも社台スタリオンからブリーダーズ・スタリオンズ・ステーションへと移動になっていますよね」

「………」うんうんと頷くのはジャスタウェイ。

「はぁ、厳しい世界なんですねー」

「ええ、厳しい世界なんですよ。だからこそ、余生をのんびりと暮らせるようになった今は、本当の愛とはなんなのか、などと考えることが多いのです」

「本当の愛……ちなみにどんなことを考えているんですか？」

「それもその時々で違います。私のような年寄りが恋愛について考えることさえ無意味かもとか思う時もあったりします。そんな日があったかと思えば若き日に出会ったあの牝馬は今何をしているのかと空を見上げることもあります。こうして放牧場に一人でいる限り、恋愛なんてできないのですが……」

「ジャスさんいろいろと考えているんですねぇ。かしこいお馬さん」猫子は頬杖をついてじっとジャスタウェイを見つめる。

「いやいや、この世の中、私にもわからないことばかりです。ただ、これだけは言えます……」

「？」首を傾げる猫子。

「好きになるのは馬、人、シマウマだけとは限らない……にゃん」

「にゃん？」

ザ・パレス　深夜の晩餐会

メイダン競馬場ではすべての競争が終わり（ドバイワールドカップは地元のアフリカンストーリーが優勝、この日一番の歓声が響き渡った）、レース後に行われる世界的に有名なアーティストのライブステージも終了し、ドバイミーティングはつつがなく幕を閉じた。そして約束の時間、深夜〇時にメイダンの車止めの前まで大和屋がやってくると、待っていたとばかりに砂漠のロールスロイスと呼ばれるグレーのレンジローバーが大和屋の前までゆっくりとやってきて停車する。扉が開き車から降りてきたのは背中がぱっくり開いて谷間がこれでもかと強調された美しい緑色のドレスに着飾ったメッセンジャーガール、アンだった。

「お待ちしておりました。ミスター大和屋」

「…………」言うまでもないが大和屋はその美しさに魅了されている。

「さあ、行きましょう。こちらへ」

「あ、はい……」

言われるがまま車へと乗り込むと、その装甲車のような四角い車は滑るように移動を開始した。

流れていく車窓。町はずれのメイダンから街の中心へと移動していくその風景は深夜〇時を過ぎているにもかかわらず明るかった。東京のそれとはまた趣の異なる一〇〇万ドルの夜景とでも言うべきか、常に変わり続けるドバイの街の風景は見ていて飽きることはなかった。ブルジュ・ハリファを左手に見ながら車は進んでいく……。と言いつつも、大和屋は窓の反射を利用してアンの胸元を見つめ続けている。今夜世界で何番目かに幸せなはずの男は人見知りな若者の如く遠回しなスケベ心を発揮している。彼はドバイに来て以来ずっと人肌に飢えているのだった。

「見えてきました。あそこです」

「！」

遠回しな妄想から目を覚ました大和屋は、車窓から巨大な宮殿が姿を現したのを確認する。イスラム圏で最大級の、芸術性に富んだ曲線と直線が組み合わされた美しくかつ巨大な宮殿。視界一杯にまばゆいばかりに輝くその宮殿は徐々に大きくなっていく。

「あそこが……」

「ええ、あれが、ドバイ財団の本拠地、ザ・パレスです」

あまりにも巨大なその宮殿は、何事にも大げさなドバイにふさわしい豪華絢爛な建物で、ドバイといえばゴールド、との面目躍如か、金をそこかしこに使用していた金閣寺のような色使い。さらには計算されたライトアップでキラキラ感二〇〇パーセント増しな見た目となり、それこそ見る者を圧倒する。

ザ・パレスの正面エントランスへとレンジローバーが滑り込む。ドアマンが素早く扉を開けると、大和屋とアンは颯爽と姿を現し中へ向かって優雅な足取りで進んでいく。厳重なセキュリティを顔パスですり抜けると、想像よりも三倍は巨大なエントランスを抜けていき、想像の二〇倍は大きいボールルームへと足を踏み入れる。

「…………」

大和屋は圧倒される。たくさんの人が談笑し、たくさんのコンパニオンが笑顔を振りまいて歩いている。たくさんの食事に外国人にはアルコールも提供されている。そしてたくさんのカップルが、バンドの生演奏にのって優雅に踊っている。アンのエスコートでさらに奥へと進んでいくと、ＶＩＰルームへの扉が見えてきた。アンが手首につけたブレスレッドの認証装置をスキャナーへと近づけると、ぴぴっと音がして扉がゆっくりと開いていく。

「……すごい」そのスケールの大きさに思わずつぶやく。

さらに豪華な装飾のＶＩＰルームでは、選ばれし人間達がパーティーを楽しんでいる。その一番奥の高そうで座り心地のよさそうなＬ字型のソファには、一段と眼光鋭い人物が、美しい女性を複数はべらせていた。

「あの方が、キングです」耳元でアンが囁く。

「キング……つまりは、一番偉い人ってことですね」

「……どうぞこちらへ」

大和屋はアンに促されキングの前へと進む。談笑をしていたキングは会話をやめ、大和屋を見やる。

「キング、ミスター大和屋がお見えになりました」

「君がそうか……君がドバイデューティーフリーの勝者、ジャスタウェイの馬主、オーナーであるな。よろしく頼む」

「ええ、よろしくお願いします……」大和屋がぺこりと頭を下げると、

「さっそくだが、ジャスタウェイを売ってもらおうか？」

「ええと……はい？」

「君の持ち馬であるジャスタウェイを売ってもらおうと言ったのだ」

「あの、ジャス君は私の宝です。申し訳ないのですが売るつもりは一切ありま

「……」

「金はいくらでも出す」

「……まさか人生でそんな言葉を聞く日が来るとは思いませんでした……」

大和屋の心は踊った。普段だったら絶対に反発するであろう上から目線の高圧的な条件提示のはずなのに、これを恫喝と捉えないのは「金はいくらでも出す」という殺し文句のせいに違いない。とはいえこのまま大切な愛馬を手放して良いものなのか？　金ではない何かがあるのではないかとも考えていたはずである。しかしいくらでも出してくれると言われれば、いくら出してもらおうかと考えてしまうのは仕方のないことではないだろうか？

「……商談成立ということでよろしいな？」

「……すみません、しばらく考えさせてください」

即決してしまえばジャス君に申し訳ないということなのだろう。

「…………」

キングは大和屋の表情を見据える。そしてそれは否定の言葉ではないと判断した。

「いいだろう。明日までに条件をまとめておくといい」そう言うとキングは立ち上がり去っていく。

大和屋も立ち上がってキングを見送る。キングは同じくらいの年齢の優雅な物腰の女性と腕を組むと、ほかのVIP達と挨拶をかわしながら出ていった。

「ミスター大和屋、あちらに席をご用意してあります」

大和屋の隣に控えていたアンが、大和屋を促す。

「あ、はい……」促されるままに席に座ると、テーブルには酒、そして周囲の席には美しいお姉さんたちがずらりと座っているではないか。

「こ、これは……ジャパニーズ・キャバクラじゃないですか！」

「こんにちはー」女性たちが同じような笑みを浮かべ一斉に挨拶する。

「まさか外国でこんな経験ができるとは……」ちょっと頑張れば見えそうなその服装たちにどぎまぎしてみせる。

「お兄さん何飲みますか？」

「ではレモンサワーを頂こう」

「はい、レモンサワーですね」そう言うと離れた場所にスタンバってる黒服に手を挙げ、「おねがいしまーす！」と呼び寄せる。すんなりと黒服が持ってきた焼酎と炭酸とレモンを駆使して手慣れた感じでレモンサワーを作り始める。

「……あ、知ってるんですね」ドバイの地のはずなのに、レモンサワーとはなんぞやを説明しないで済むとは大和屋は思っていなかった。

「お兄さん、どこから来たの？」どうやら出身地の確認は万国共通の質問のようだ。

「日本です。そして皆さん聞いてください。今日は我が愛馬ジャスタウェイ号がドバイデューティーフリーで圧勝したのです。そういうわけですので皆さん今日は、ぱーーっといきまっしょい！」

「いえええええい！」のりのりなコンパニオンズだった。本当にここは外国なのだろうか？

「では皆さん、乾杯しましょう。ジャスタウェーーーーイ！」グラスを高く掲げる。

「ジャスタウェーーイ！」

カチンとグラスがぶつかり合い、レモンサワーで乾杯する一行だった。もう何度も繰り返したであろう乾杯の音頭はジャスタウェイ。彼が勝つたびに下北沢や上井草で繰り返されたお約束である。どこまでいってもレモンサワーなのは純粋に大和屋がレモンサワーが好きだからである。ビタミンCも摂れて、ほかのお酒に比べればどこかヘルシーでお安いからなのか、それとも何か深い理由があるのだろうか？単純に痛風気味なのでビールをあまり飲んではいけないと思っているだけなのかもしれない。とにもかくにも勝利の美酒である。うまいに違いない。

「うへへへへへへー！」

ご機嫌な大和屋はレモンサワーをあおる。

「今日はとても良い日です！　ありがとうございます！　ではもう一度、乾杯しましょう！　ジャスタウェーーイ！」

顔を真っ赤にし酔っ払っている大和屋は上機嫌だった。

「ジャスタウェーーイ！」

ちなみに本日一三回目の乾杯だった。女性陣は嫌な顔ひとつせずに大和屋に付き合ってくれている。なぜならそれが仕事だから。大和屋は酔っ払ったのをいいことに、彼女たちになれなれしい態度を取り続けている。ここが婚前交渉禁止の国だという自覚はどこにもないようにうかがえるが、勝てば官軍、ジャスタウェイがレースに勝利し調子に乗っていたからとしかいいようのない態度ははたから見ればかなり引く。とにもかくにも大和屋には反省して欲しい。そんないつも通りの大和屋は、いつも通りに唐突に眠くなる。その場でがくりと崩れ落ちそうになり、「！」またがくんとなって顔を上げると、すっくと立ちあがった。

「帰ります。ありがとうございました！」そう言うと女性陣を残し、外へ向かう。

「ありがとうございましたー」女性陣は言葉をかけて見送る。


いつの間にかエスコート役のアンの姿が無くなっていることに大和屋は気づいていない。ボールルームを抜け車止めへと千鳥足で進んでいくと、よろめく大和屋をドアマンが支えてくれ、レンジローバーが待っていたかのように車止めに現れた。

後部座席へなんとか転がり込むと、運転手からエチケット袋を渡される。

「ホテルへもどってください。やばくなったら声をかけます」

それだけ言い残すと、大和屋は目を閉じていびきをかき始める。寝つきの良さは一級品である。

「…………」

運転手はため息をつくと、シフトレバーをDに入れて車をゆっくりとスタートさせた。

にゃん。

北海道日高町・功労馬用放牧場03

「にゃん？」

「猫皮さん、あなたは運命を信じるにゃん？」とジャスタウェイ。

「もちろん信じます」即答する猫子。

「そうですか、それは何よりだにゃん……」

そう言うとジャスタウェイは猫子に顔を近づける。

「？」猫子がじっとジャスタウェイを見つめ返すと、ジャスタウェイはこうつぶやく。

「猫子にゃんを見ていると、ある馬を思い出しますにゃん」

「ある馬とは？」すかさず犬山が問いただす。

「イイナヅケという名前の馬がいたのです。その馬は私と同じ大和屋オーナーの所有馬だったのですが、一年に一度、毎年必ず私に会いに来てくれました……にゃん」

ジャスタウェイの言葉を聞いて、すかさずスマホをいじりイイナヅケの情報を引き出す犬山。

「イイナヅケは元中央、及び地方競馬の競走馬。現役時代は中央入着、地方で三勝。めだった成績は残せませんでしたが繁殖牝馬として活躍。とくに目立つのは毎年交配相手が変わるのが常識の繁殖牝馬の世界にあって、イイナヅケは繁殖牝馬を引退するまでずっとジャスタウェイさんがお相手だったんですね！　産駒《さんく》にGⅠを勝ったバリバリバリーや牝馬クラシック戦線で活躍したヒヒーンやダートでオープンまでいったエルデストサンなど……どの産駒もそうそうたる経歴ですね」

「いい嫁さんでした……にゃん」

「競走馬の世界では珍しい純潔の物語……素敵！」と猫子。

「旦那の方はほかでやりまくってますけどね……」

「ちょっと犬山さん……」

「ああ、これは失礼」

「ある意味、彼女のお陰で私は種牡馬を続けられたと言えるでしょうね」

「結果がすべての世界ですからね。そんな中でこんなに一途な嫁さんをもらえるなんて、ジャスタウェイさんも果報者ですね。うひひひ」

「なんか笑い方が下品なんですけど……」

「彼女はほかの交配相手とは違う。何というか、絆のようなものを感じたんですよね……にゃん」

空を見上げイイナヅケを想っているのだろうか、それともただ鼻の下を伸ばしているだけなのかはわからない。

「絆か……粋な計らいともいえるかもしれないけど、大和屋オーナーは変わってるんですね。ほかの種牡馬を試さないなんて……」

「なによ。人間の世界では普通のことでしょ？」

「大和屋さんは面白いことが好きな人でした。多分前例が無かったので面白いと思ったんだと思うにゃん」

「それに個人馬主で種牡馬になれるほどの馬を持つことなんて奇跡に近いですから、こういうことを試してみたいと思ったのかもしれないですね」

「そうかもしれないにゃん……」

「調べると……ジャスタウェイさんが引退する前からセリでイイナヅケを購入していたんですね。ジャスタウェイさんが種牡馬になれるとなった段階で交配できる牝馬を買うことを決めたとここの記事には書いてありますね」スマホを掲げ、犬山は言う。

「イイナヅケって名前、もしかしてジャスさんのイイナヅケって意味なのかな？」

「ええ、そういうことみたいですよ」

「ふーん……そうなんだ」感心する猫子。

「ちなみに彼女は今、どうしているんでしょうか？」とジャスタウェイ。

「この記事によると、あなたが種牡馬を引退したのと時を同じくして繁殖牝馬を引退しているみたいですね。養老牧場で、悠々自適の生活を送っていると書かれています」

「そうですか……」

「良かったですね。ジャスさん」

「……ええ」うんうんと首を縦に動かす。

「ちなみにそんなイイナヅケさんと、ここにいる猫子さんと何が似ているっていうんですかね？」

「そうですね……」そうつぶやくとジャスタウェイは猫子の瞳を見つめる。見つめ返す猫子。

「美しい目と……えりあし？」

「え？」

首をかしげる猫子だった。

メイダンホテル客室　招かれざる訪問者

時間はおおよそ深夜の三時半。車通りもほとんどなく競馬場の渋滞も嘘のように無くなり道は閑散としていた。あっというまにメイダンホテルへ到着すると、大和屋は帰巣本能を総動員し、目をこすりながら部屋へと戻っていった。

部屋に入って明かりをつけるとデーツで作ったノンアルコールシャンパンと、勝者にだけ送られる記念の絵、そしてコングラチュレーションと書かれたカードが置かれていた。勝者へのプレゼントとは、なんと粋なはからいだろう。感動しながらも、早くベッドで眠りたいと思い、上着やなんかを脱ぎ捨てながらベッドの前までたどり着くと、

「すー……すー……すー……」

そこにはコスプレ姿の若い女性が眠っていた。白を基調としたコスチュームは、ブーツに仮面、水着のようなデザインの服。何かギミックが内臓されていそうなペンダントに、赤い裏地のマント。手にはバンダイの玩具のような金色のステッキが握り締められている。明らかに普通の人間ではしない格好である。脳裏を様々な思考が駆け抜けていく。ドッキリか⁉　それとも何かの罠か⁉　なぜこんな昔の浦沢さんが何年も書いていた不思議少女シリーズじみた格好をした子がベッドで寝ているのか？　とにもかくにも目を覚ましてもらおうと肩を揺する。

「あの、すみませんが、起きてもらえませんか」

「ん…………」

「あの、ここは私の部屋なんですが……」

大和屋はもう少し強めに肩を揺する。すると、

「いやあああああああああ！　へんたいいいぃいいい！」

その手を握り締め、大和屋を激しくぶん投げる。

「ぐはあっ！」

宙を一回転して地面へと激しく叩きつけられた大和屋は激痛にもだえる。

「な、なにするんだよ……いてててて！」

腰をさすりながら四つん這いの大和屋が彼女を見やる。

「あなたこそ何をしようとしていたのですか!?」

「あんたの目を覚まさせようと肩を揺すっただけでしょうが」

「破廉恥な！　そんなことはこの私が許しません！」

「新手の美人局《つつもたせ》ですか？　勝手に人の部屋に忍び込んで爆睡しておいてなに言ってるんですか？　なんかのハラスメントなの？　それともドッキリ的なやつですか？　そこらへんにカメラ仕掛けてあるんですか!?」

「私は……待っていたのです、あなたを。ですがなかなか帰ってこないのでついうとうとしてしまって……眠りこけてしまったようです」

「いや、だから起こしたんですけどね……」

「そうですか、それなのに私は……あなたを投げ飛ばしてしまうなんて……」

「ところであなた、アンさんですよね？」

「え⁉　どうしてそれを……まさか、私が寝ている間に何か変なことを⁉」

「いや、マスクしてたって見ればわかるんじゃないですか？」

「嘘です！　やっぱりあなたは私が寝ているすきにマスクの下を見たんですね！　もしかしてそれ以外のところも⁉」

「もうなんか面倒なんで帰ってもらえませんか？」

「そうはいきません。私はある重大な任務をおってあなたの部屋までやってきたのです」

「任務……というと？」

「あなたにある提案をしに来たのです」

「提案？　……ていうかアンさん。なんでそんな格好してるんでしたっけ？」

「よくぞ聞いてくださいました」

そう言うとコホンと咳払いして息を整え、

「夢ある限り頑張りましょう！　ゴール駆け抜けるまで！　美少女仮面ドバイアン！」

ポーズを決めながら名乗りをあげた。

「…………はい？」呆然と立ち尽くすのは大和屋。

「…………」恥ずかしさに頬を赤らめるドバイアン。

「あれですか？　ちょっとおしゃれな和食のファミレスみたいな感じですかね？」

「違います。夢庵とかそういうのとは一切関係ありません」

「ではどういうことなんですかね？　もしかしてポワトリンのパクリだったりしますか？」

「パクリなんかじゃありません！　私は……ドバイ財団の慈善事業の一環で正義の味方活動をしている美少女です」

「その美少女がなぜ僕の部屋に忍び込んでいたのでしょうか？」

「私が行っている正義の味方活動に、ジャスタウェイをお借りしたく参上したのです」

「あなたはいったい何を言ってるのでしょうか？」

「何を言っているかは置いておいて……実は、もうお借りしているのです」

「はい？」

次の瞬間、壁がどかんと破壊され、ジャスタウェイが部屋へとなだれ込んできた。

「ひひーん！」まるで馬かのようにいななくジャスタウェイを見た大和屋は、

「ちょっとジャス君！　こんなところに入り込んで、怪我でもしたらどうするの！」

こちらもいななき叫ぶ。

「では、そういうわけでお借りさせていただきますね」とドバイアン。

「いや、ちょっとそれは勘弁……」とまで言うと、

「お借りできない場合は、彼は馬肉になりますがよろしいですか？」

「おいこら、馬主に向かって馬肉とはなんだ馬肉とは！」デリケートな単語なので

すぐに食いついて怒るが、

「実は、馬肉職人も連れてきているのです」

ジャスタウェイの破壊した穴から汚れた白いエプロンを付けた馬肉職人が登場してくる。

「アイラブミーーーーーーーンチ！」

両手に牛刀を持ち、いかにもなひげを生やした小太りの男が牛刀を交差させて叫ぶ。

「お貸しします！　お貸ししますから、この人には退場してもらっていいですか!?」慌ててドバイアンに懇願すると、

「わかっていただけて何よりです」ニコリと笑みを浮かべ、

「では、さっそくですが出動させていただきます。たあっ！」颯爽とジャンプでジャスタウェイに乗り込むのかと思いきや、

「よいしょ、よいしょ……」やたらもたもたと鞍上へ這い上がる。

「…………」黙って見守っている大和屋と馬肉職人。

ドバイアンがようやく鞍上へとのぼる。

「さあ、参りましょう！　世界のジャスタウェイよ！」

出動かと思われたその時、

「きゃあっ！」軽い悲鳴と共に、ドバイアンは上ったのとは反対側へと落下。骨が折れる時特有のボキッという嫌な音が部屋中に響いた。

「あっ！」慌てて救出に向かうと、足を押さえ痛そうに顔をしかめるドバイアンの姿がある。

「大丈夫？」

「いいえ、大丈夫ではありません。右足があらぬ方向へと曲がってしまっています。いたたたた……」

「ああー、これは折れてーるね。ぽっきりヨ」馬肉職人が顔を覗かせて医者のように得意げに言った。

I ♥ MINCE

「困りました……この足では正義の味方活動ができません……」困った顔をして少し考え込むドバイアン。すると妙案を思いついたという顔で大和屋を見つめる。

「私、いいことを思いつきました」

「何か嫌な予感がするのですけど……」大和屋はつぶやく。

「私が正義の味方活動ができなくなったので、あなたに代わりに正義の味方活動をしていただきます」

「嫌です！」即座に断りの言葉を発すると、

「お断りの場合は、馬肉職人の出番となります」

馬肉職人が白い歯を見せてニカッと笑う。歯と共に牛刀もピカリと光る。

「喜んでお手伝いさせていただきます！」

「ではまずは着替えていただきましょう」

衣装が入った紙袋を差し出した。

「こんな感じでいいんでしょうか？」

もじもじしながら姿を現した大和屋。

「よく似合っていますね」

ドバイアンのセリフは真っ赤な嘘である。サイズはワンサイズ小さいので腹から贅肉がはみ出し、白い水着のようなコスチュームは大和屋の体中を締め付けている。汚いおっさんの女装は見ていて決して気持ちいいものではない。しかもマントが表裏になっている。とはいえ本人が気にしなければ問題にはならないとドバイアンは判断したようだ。

「着替えが済んだら次はこれをどうぞ」新たな紙袋を差し出す。

「これは……？」と中を確認するとプラスチック製のブローチと全長三〇センチほ

どのステッキのような物が入っている。

「ブローチとステッキです。ブローチはお洒落のワンポイントとして、そしてそのステッキは武器として使用してください」

大和屋はステッキを手にしてまじまじと見つめる。

「このステッキはレーザーとか催涙ガスが飛び出したりするんですよね？　あ、海外だからこれってもしかして銃なんじゃ？」

「いえ、そういうギミックは搭載していません。ですが金属製ですのでそれで殴ればそれなりに痛いと思います」

「こんな短いステッキで何と戦えばいいんですか？　虫とか？」

「それはその時の相手によりますね。ですがほら、ここのボタンを押すと……」ボタンを押すとがしゃんと音がして少し伸びて大きくなった。

「ほら、少しですが大きくなって戦闘力も上がります」

「一応ボケたつもりなんですけど……」

「ボケている場合ではありません。準備ができたらさっそくジャスタウェイに乗って出撃してください」

「出撃って？　僕に何をさせるつもりですか？」

「今回の正義の味方活動はこれです。さらわれた政府要人の救出です」

「政府要人って？」

「あなたが先ほど挨拶を交わしたキングがさらわれたとの情報が入りました。キングはパーティー終了後に専用車両にて移動していたのですが、賊の急襲を受け、連れ去られてしまったようです。あなたには速やかに彼を救出していただきます」

「あの、キングって王様ですよね。あの人護衛に囲まれてましたよね？　そんな人をさらえる相手に僕が単身乗り込んでいったところで勝ち目はないんじゃないでしょうか？」

「いいえ、一人ではありません」

「良かった。それじゃあ僕にも護衛がつくってわけですね」

「護衛はいません。ですがあなたにはジャスタウェイがいるではないですか！」

「僕とジャス君にいったいあなたは何をしろというつもりなのでしょうか？」

「正義の味方として当然のことをしてください！」

笑顔でドバイアンは言い放った。

「ちょっと待って、私はただの脚本家です。ジャス君は競走馬です。戦うために生まれてきたわけではないのです！」

「え？」

「ですが正義の心は持っているでしょう？」

「ひひーん！」タイミングよくジャスタウェイがいないた。

「そういうわけですので、行ってらっしゃいませ」

笑顔でドバイアンは二人を送り出す。

「…………正義の心、か」

大和屋がもうベッドで眠りたいと思っていることは、火を見るよりも明らかだった。

恋について。

北海道日高町・功労馬用放牧場04

「猫皮さんは恋をしたことがありますかにゃん？」

「恋、ですか……？」

「ええ、恋です。恋はしたほうがいいですよ。恋をすると、とても豊かな気持ちになりますからね……にゃん」

「さっきからジャスタウェイさんの語尾ににゃんがついているのがとても気になる……だが、それにも増して、馬が猫の鳴き声を真似た歴史的瞬間に私は立ち会っているのかと思うと、なんだか感慨深いような気もしないでもない……」ぶつぶつ独り言を言っているのは犬山。

「恋、ですか……確かに恋って素敵ですよね……」過去に思いを馳せる猫子。

「待ち合わせ場所に彼女が息を切らせて走ってくる姿。少しでも早く会いたいとあまり変わりもしないのにタクシーで高速に乗ってしまう浮わついた気持ちだったり……恋は人を狂わせるにゃん」

「ちなみにジャスタウェイさんはタクシーに乗ったことは……」

「ありませんよ。でも馬運車《ばうんしゃ》なら何度も乗ってますにゃん」

「ですよねー」

「私が恋をしたのは中学生の頃、好きになったあの人のこと、じっと見ているだけで胸がときめきました。後ろから……。あの人、うなじがとってもセクシーだった」

「猫子さんはうなじフェチなのですか？」

「いえ、そういうわけじゃないんですけど……前から見つめると何見てるんだって言われそうだったから」

「そこから何かが始まるんじゃないんですかね？」と犬山。

「始まらなくてもいいんです。あの時は見ているだけで幸せだったから……下校するあの人のこと後ろからついていって家の住所を確認したり、下駄箱の上履きの汚れ具合を確認したり、給食の食べ残しを観察したり、紙パックのジュースのストローをくすねたり……ああ、思い出すだけで赤面しちゃう」

「猫皮さん……君も結局のところ、おかしな人だったってことですね」犬山は冷静に突っ込む。

「え？ ……博士、もしかして、私ってなんかヘンですか？」

「僕から見ればヘンだと思うけど……」と犬山。

「ジャスさんはどう思います？」

「いいと思いますにゃん」

「え？」

「たてが（み）……じゃない、うなじが好きなところや後ろからが好きなところ。とてもいいと思いますにゃん」

「ありがとう。ジャスさん。そう言われたらなんだか自信が湧いてきました」

「そう言ってもらえると僕も嬉しいですにゃん。それから……」

「?」

「あなたとはもっとお近づきになれそうな気がするにゃん」ジャスタウェイは猫子に近づいていく。

「え……ジャスさん……?」

見つめ合う二人。

「いったいなんなんだ? この流れは……!?」見ている犬山はそうつぶやいたという。

王族専用小型機用飛行場　格納庫

　街灯に誘われ蛾が円を描きながら飛んでいる。同じビルに入っている雑貨屋や絨毯の店は皆シャッターが下りて電気が消えていた。とぼとぼと夜のドバイの街を進むドバイアンの格好をした大和屋とジャスタウェイ。背中に乗って颯爽と街を駆けるようにドバイアンに言われたが、体重の重い大和屋はジャス君にもしものことがあってはいけないとそれを拒否。協議の結果、引き馬で移動することになったのだ。部屋を出る際に渡された正義の味方マニュアルを読みながら、二宮金次郎のごとく進む。

「……本当にこんなことを言わないといけないのだろうか……」

　マニュアルの内容に驚愕する大和屋。そこには悪党に出会ったときに最初に言うべき名乗りの文言や戦いを始める前に言わなければならないセリフ、勝利の時、敵にとどめをさす前に言うセリフ、必殺技の名前など……細部にわたり指示が出されていた。これをすべて覚えるのは至難のわざ、さらにこれらのセリフを抵抗なく大声で口に出すのは更なる苦行と言っていいだろう。ただでさえ滑舌の悪い大和屋は相手に正確にセリフを伝えられることはないだろうと確信した。なんとか省略できないものかと思ってはみたものの、脳裏にはあの馬肉職人の笑顔が横切る。いったいどうしたものだろうか……。

事件の現場は道を真っ直ぐ進めば着くとあらかじめ聞いているので迷う心配はない。とはいえ名乗りやセリフをどうしたものかと悩みながら、小一時間も歩いただろうか、そろそろ足の裏が痛くなってきたような気がしてくると、

「ぶるるる……」

ジャスタウェイが足を止めいななく。顔を上げて前方を見やると、そこには件の飛行場が鎮座していた。

「とうとう着いてしまった……」

大和屋はつぶやく。事件現場が飛行場だと聞いたときから不安でいっぱいになっている。外国映画や海外ドラマで飛行場が出てきた場合、必ずと言っていいほど格納庫では激しい銃撃戦が行われていた。そんなものに巻き込まれるのはまっぴらごめんだし、銃を撃ってみたいという願望はあるかもしれないが、人に向けて撃ったりすることは絶対にしたくない。かといって丸腰で銃撃戦の中に突入するのはとてもじゃないが気が進まない。それに飛行場というのは警備が厳重でとても忍び込めるような場所とは思えない。しかも五〇〇キロもある競走馬を従えての隠密行動なんて実質不可能だ。回れ右して帰りたいという衝動に駆られてみるが、ドバイアンの姿と、何より馬肉職人の笑顔が脳裏をよぎる。仕方ないので様子をうかがうぐらいはしてみようと飛行場の敷地へと近づいていく。すると、驚いたことに警備の人間の姿は見当たらない。

「ドバイは治安がいいから警備の必要がないのかもしれないな……それじゃあいってみようか？　ジャス君」

大和屋は心細さから普通にジャスタウェイに話しかける。

「ぶふぅ……」言葉を理解したかのようにジャスタウェイが答えると、二人はゲートを越えて敷地内へと侵入していった。その飛行場は有名なドバイ国際空港のような大規模なものとは異なり、二つの滑走路といくつかの格納庫が並んでいるこじんまりしたものだった。一つひとつ格納庫の中を確認していくと、一つ目の格納庫は何もなし。二つ目にはセスナ機が一機置いてあった。そして三つ目の格納庫から明かりが漏れている。

「……」警戒しながら壁際へ張り付いて、こそこそと入口から中を覗き込む。するとそこにはターゲットである政府要人キングが後ろ手に縛られ、世界のセレブ達に囲まれているではないか！

「あの人達は、さっきのパーティーに出席していたセレブ達じゃないか……なんでキングを捕まえているんだ？」

つぶやいたからといって答えがわかるはずもない。とはいえ一人、玩具のステッキひとつで何十人相手に喧嘩をするつもりもないので、様子を見ることを選択する。目立たないよう腰を落とし、彼らの動向をうかがう。

「…………」キングは縛られたまま座っている。そして不機嫌な顔をしていた。

「遅い……ドバイアンはいったいどこに行ったんだ」

「ドバイアンが来ないことに腹を立てている!?」

物陰の大和屋は驚いてみせる。確かに正義の味方活動に資金援助をしているのだからこんな時こそ働いてもらわねば援助をする意味はないと思われてもしかたない。しかし自分はあくまでもドバイアンの代理であって、命をなげうってまで今日会ったばかりの他人を助けるほど人間ができてはいないのだ……とはいえ見殺しにするのも寝覚めが悪い。何か良い方法はないかと一応無い頭をフル回転させている。しかし良い方法など思いつくはずもない……。そんな大和屋の苦悩を知ってか知らずか、世界のセレブ達が動きを見せる。

「さあキングよ。我々に財団の指揮権を移譲するのだ。そしてお前の持っている様々な利権とすべての資産を我々に譲ってほしい。お願いできるだろうか？」

リーダーと思われる男がキングの前に来て話しかける。

「もしお前が私だったらその提案を受け入れるのか？」

キングはバカなことは言うなという顔をして男を見上げる。

「受け入れないだろう。だが、その場合面倒なことになる」とリーダーは大きなラジオペンチを取り出した。

「……!?」

物陰から様子をうかがっていた大和屋はあからさまなキングのピンチに焦った。

あのラジオペンチはきっととても痛いことに使うに違いない。このままではキングが痛い目に遭うのは火を見るより明らかだ。とはいえまともに乗り込んでいけば自分までペンチのお世話になるに決まっている。なんとかこの状況を打開する方法はないかと思っていると……。

「ぶひいん」

ジャスタウェイが隣りの格納庫を見やりいなないた。

「ん……？」

そんなジャスタウェイを見つめる大和屋は、ジャスタウェイの見ていた格納庫を見つめ、良いことを思いつく。

二つ目の格納庫にはセスナ機が置いてあった。言うまでもなく大和屋は人生で本物の飛行機の操縦桿なんてものを握ったことはない。せいぜいＳＥＧＡのアフターバーナーⅡをゲームセンターでやっていた程度の腕前ではあるが、今はスマホでなんでもできる。セスナの動かし方を検索するとYou Tubeにしっかりその方法があがっている。大和屋は臆することなく動画を参考にエンジンをスタートさせる。

ラジオペンチを掲げたリーダーが昔の殺し屋のように舌をぺろぺろしたりペンチをぐらぐら動かしたりしている。そんな変な動きのリーダーをキングは無表情で見つめている。そんな二人の耳に、遠くから何やら音が近づいてきているのが微かに聞こえてくる。それはプロペラの回転音だとかなり音が大きくなってからようやく気がついた。

「なんだ？　こんな時間に」とリーダー。

「…………来たようだな」とキングはつぶやく。

音はどんどん大きくなり格納庫のシャッターを突き破ってセスナ機が乱入してきた。これ以上ない派手な飛行機の登場に格納庫内のセレブ達はパニックに陥った。

「あのプロペラに触れたらとても痛いに違いない！」

とまどい右往左往するセレブ達。まだ前進をやめていないセスナは派手なプロペラ音をたてている。

「誰がこんなことを……誰か！　あのセスナを止めろ！」

叫ぶリーダーの背後にＵＡＥの民族衣装、カンドゥーラを着込んだ大和屋が姿を現す。そして支給された鉄製のステッキでリーダーの後頭部を強打する。

「がっ！」

なす術もなくリーダーは気絶し地面に崩れ落ちる。そのチャンスを逃すことなく大和屋はキングのそばへと移動した。

「さあ、今のうちに行きましょう」

耳元でスパイのごとく囁く。

「お前、大和屋か？」

「いいえ、違います。私は美少女仮面ドバイアンです。さ、こちらへ」

「ちょっと待つんだ。ドバイアンのくせになぜカンドゥーラを着込んでいるんだ？」

「変装です。あなたを助けに来たのです。この混乱に乗じて早く逃げてください」

「だめだ」キングは言う。

「はい？」

「美少女仮面ドバイアンは正義の味方。正義の使者ならば敵を出し抜くなどもってのほか、正々堂々戦って勝利してもらおうか！」そう言うとキングは大和屋のカンドゥーラをはぎ取った。

「せっかくの作戦が台無しなんですけどぉ！」抗議をするが時すでに遅し。

「ドバイアンだ！　ドバイアンが出たぞー！」セレブ達がいきり立つ。

「さあ、戦うのだ！　美少女仮面ドバイアンよ！」

「え、えぇと……」

「マニュアルを参照しろ」とキングがぼそり。

「あ、はい……」マニュアルを参照しセリフを確認、そして、

「ドバイマジック・メタモルフォーゼ！」

胸元についているブローチの変身ボタンを押す。すると、ブローチからは玩具っぽい電子音が鳴り響く。さらに大和屋は腕を振るう。

「夢ある限り頑張りましょう！　ゴール駆け抜けるまで！　美少女仮面ドバイアン！」

ぎこちなくポーズ（もちろんマニュアルにポーズの指定もある）を決めながら大

和屋は名乗りをあげた。

「その腕の角度、ちょっと下すぎるな。やりなおし」

「え？」

「いいからやりなおすんだ」

「…………」

「はやくっ！」

「夢ある限り……」

「もっと声を張れ！」

「夢ある限り……」

さらにやり直す大和屋をじりじりしながら見ていたセレブ達であったが、とうとう我慢できなくなる。

「もういい！　やっちまえ！」

「おおおおお！」セレブ達が一斉に大和屋へと襲い掛かる。

「ちょっ！　待って！　やめてくださいいいいいいいいい！」

手に持ったステッキを振り回すと、

「ぐわあっ！」襲い掛かったセレブが激しく吹っ飛ばされる。

「え？」驚きステッキを見つめる大和屋。

「！」セレブ達も驚き動きを止める。

「もしかしてこれ、結構すごい武器なのかも、そうとわかれば……」ニヤリとして顔をあげた大和屋は、セレブ達に襲い掛かる。

「うらああああああああああああああああ！　ドバイアンステッキトルネード！」ステッキを振り回し、セレブ達をばったばったとなぎ倒す。

「う、うわあっ！」

「やめろっ！　やめてくれぇえええ！」次々にセレブ達は倒れていく。

「なんという素晴らしい武器、弱者であろうと容赦なく叩く！　それが正義というものですっ！　そうれっ！」

「ぎゃあああっ！」大和屋の攻撃は続く。

「あはははは！」ステッキを振るい続け、ほとんどのセレブを倒してしまった。

「グッド」キングは満足そうにつぶやく。すると、ぱちぱちぱちと乾いた拍手が聞こえてくる。

「何者ですか⁉」大和屋が拍手の音の源へと視線を向けると、そこには上品な物腰、上品な装飾品に身を包んだ白髪の老女（七〇代の半ばぐらいに見える）が拍手をしながらゆっくりと近づいてくるではないか。

「あなたは？」

「私はドバイの女王です。見事な戦いっぷりでしたよ。ドバイアン」

「あ、ありがとうございます」ちょっと嬉しい。

「でもあなた。いつもと様子が違うようだけど、何かあったの？」近くまでやってきた女王は大和屋の容姿を確認。

「いやあ、初めてで、まだ慣れていないもので……」

「え？」

「いえ、こっちの話です……」

「……」女王はじっと大和屋を見つめる。そして、おもむろに仮面をはぎ取った。

「わっ！　いきなり何するんですか！」素顔がさらされて恥ずかしい。

「あなた。ドバイアンじゃないわね？」

「いえ、ドバイアンです。正確に言うとドバイアン代理です」

「代理、そお……」

するといつのまにかキングが女王の隣に立っている。

「女王よ。ちょっとよろしいか？」

「ええ……いいわよ」二人は大和屋から距離をとり、こそこそと内緒話を開始する。

「……」じっと様子をうかがっていると、キングが戻ってくる。

「ジャスタウェイの馬主、大和屋暁よ」

「は、はい……」

「女王はお前の活躍をいたく気に入ったとのこと」

「はあ、そうですか」

「そこで、女王はあなたに王族への仲間入りを認め、花婿として迎えることを決定したとのことです」

「王族の、花婿……誰の？　え？　王様と女王の娘の婿ってことですか？」

首をひねりながらつぶやくと、女王とキングの容姿をじっと確認する。

「この父とこの母の娘……」

背の高い精悍《せいかん》な顔をしたキングと年老いてもまだ美しいスタイルを維持している女王との娘。女王はおそらくではあるが若い頃は美人だったに違いない。つまり美人の娘、美人の子は美人。想像を絶するお姫様に違いないはずだ！

「きっと、とても美しいに違いない……」顔をほころばせ、悪い話ではないなと思っていると、

「何をニヤニヤしているんだ？」

「いや、美人で美しい妻がいきなりできるかと思うとつい……」

「勘違いをするな、お前はそこにいる女王の新しい婿となるのだ」

「え?」

「…………」女王はちょっと照れながら大和屋を見ている。

「え?」

「…………」女王はちょっと照れながら大和屋を見ている。

「あの……ちなみに女王様の年齢は?」

「七八歳」

「無理です」大和屋はキングに伝える。しかし、その訴えをキングは無視し、

「ドバイ財団の表向きの代表は私だ。しかしそれは仮の姿、本当のドバイ財団の団長は彼女なのだ」

「……はぁ、別にそんなことは聞いていなくて、ただ僕には結婚は無理であることを伝えたいのですが……」

「ドバイ財団では、財団の利権や資産を保護するために、一妻多夫制を採用しているのだ。ちなみに私は第一キング。そこに転がっているのが第二キング、そこで仰向けになっているのが第三キング、そのほかもろもろ転がっているのは皆、女王のコレクション。世界のセレブ達なのだ」

「一妻多夫制……世界のセレブ達がコレクション……つまり、この僕も？」

「そう、わらわのコレクションに加わるがいい」

「冗談じゃない！　あなたは確かに美しい。（小声）昔は……でも、悪いけど僕は年下が好みなんで！　さよならっ！」そう言うと大和屋は走って逃げだした。

「逃がさないわよ」ニヤリとして女王はそう言うと、

「我が夫たちよ、大和屋を、ジャスタウェイの馬主を捕まえなさい！」

「はっ！」倒れていた一行は一斉に立ち上がり、大和屋を追い走り出す。

「待ちやがれぇぇぇぇぇぇぇぇぇ！」

「ふふ、逃げても無駄無駄……」女王は大和屋を見やりつぶやく。

「…………」その姿を倉庫の端っこにたたずむジャスタウェイが見つめていた。

「誰か！　助けてくれー！」

助けを求める大和屋を見やり、助けに行こうかと足を踏み出そうとするジャスタウェイ。しかし、彼は格納庫の入口に、見覚えのある白装束の人物の姿を確認した。

「助けてったら！　助けてー！」

必死に逃げていく大和屋。それを追うセレブ達。所詮はシナリオライター、スポーツ部門に特化したセレブはすぐに大和屋との差を縮めていく。

それでも必死な大和屋は格納庫を飛び出し飛行場を抜け、夜の闇の中へと消えていった。

優雅にたたずむ女王。そんな女王の背後に立つ人影。そして見守るジャスタウェイ。

「来たのね」女王は言う。

「……はい」人影は頷く。その人影とは……。骨折したはずのドバイアンだった。

背後に馬主職人を従えて骨折したはずの足にギプスもなく、平然と歩いて前進していく。

「こっちへ」

その言葉に従いドバイアンは女王の前へ、女王はドバイアンを優しく抱擁する。

「……」女王はじっとドバイアンを見つめる。

「……」ドバイアンもじっと女王を見つめた。

「……」ジャスタウェイもじっと二人を見守る。すると、笑みを浮かべた馬肉職人が、牛刀ではなく牛の骨をおもむろに取り出しへし折る。ボキッという音は、ドバイアンが落馬した時のそれであった。なんという説明的な行動。おそらくはジャスタウェイの怪訝な表情を見て、説明しなければならないと思ったのであろう。

そんな馬肉職人の行動を無視して女王はドバイアンに向け語り始める。

「横綱……」

「……え？」

「横綱は私の夫の名前、私の七人目の夫」

「ええ……前にも話していただいたことがありましたね……横綱という夫がいたと」含みのある表情のドバイアンだが、女王は構わずに続ける。

「横綱は……チョコレートパフェの食べすぎで糖尿病を悪化させて死んだのよ」

「パフェを……」

「ええ、医者に止められてもやめず、病状が進行し痩せてきてからも、それでもやめず、大好物のチョコレートパフェを食べ続けた。ちなみに彼はチョコレートパフェをおかずにごはんを食べるのが好きだった……チョコをおかずにアイスをおかずに、とても美味しそうにごはんをかきこんでいたわ」

「糖分プラス炭水化物……私には真似できそうにありませんね」

「そうね。おはぎみたいで美味しいと本人は言っていたわ……」

「……」ジャスタウェイは思い出す。そういえば、ドバイアンが自分を厩舎から連れ出した時、彼女は調教師やスタッフ一同にチョコレートパフェを差し入れしていた。溶けてしまう前にどうぞという言葉にそそのかされ、遠征スタッフの全員がその場で件のパフェを食べて眠りこけてしまったのだ。それはつまり彼女が差し入れたチョコレートパフェに睡眠薬が仕込まれていたことになるのではなかろうか？

そんなジャスタウェイの推理をよそに女王はドバイアンにさらに語る。

「美少女仮面ドバイアン……あなたが誕生したのは、浦沢義雄というシナリオライターのせいなのよ……」

「義雄……不思議、どこかで聞いたことがあるような響き」

「そう、フジテレビのあの伝説の番組、不思議コメディーシリーズの代表作、美少女仮面ポワトリンのシナリオをすべて一人で書き上げた伝説のシナリオライターよ」

「義雄、浦沢……」

「ええ、その出会いは横綱の遺品を整理していた時のこと、遺品の中にVHSが、日本の特撮テレビ番組である美少女仮面ポワトリンのビデオを見つけたことが始まりだったわ……愛ある限り戦いましょう……優子花島はとてもチャーミングなアクトレス。私はひと目見た時から虜になったのです」

「ええ、そのおかげで、私は今、ドバイアンとなりここにいることができるんですよね？」

「イエス。私があのビデオを見て感動して、感動したからこそドバイ財団の慈善事業、美少女仮面ドバイアンプロジェクトは発動したのよ」

「正直、世界規模での募集記事を見たとき、目を疑いました」

「無理もないわ。ＴＶ番組や映画でなく正義の味方活動を実際にやるなんて、なかなかないものね」

「ええ、実際私は正義の味方というよりは、ミスユニバース的な世界規模のミスコンのオーディションかと思って応募しました」

「でもあなたはそのオーディションを勝ち抜いた。そしてこのドバイの地で、正義の味方活動をしているのよ」

「…………」うんと頷くドバイアンだった。

あむあむ。

北海道日高町・功労馬用放牧場05

「猫皮にゃん」ジャスタウェイは猫子に顔を近づける。

「はい……」じっと、まっすぐに見つめ返すのは猫子。

「…………」その様子を見守っているのは犬山。

「僕のことをどう思いますにゃん？」

「と、とっても素敵なお馬さんだと思います」

「そうかにゃん」笑みを浮かべるジャスタウェイ。

「そうですにゃん」猫子も笑みを浮かべるが、なんだこの流れはと不審に思っていることは隠せない。

「猫皮にゃん。僕はあなたに恋をしたようだにゃん」さらに猫子に顔を近づけ言う。

「え……」驚く猫子は胸に手を当てる。

「たてがみを……じゃなかった。後ろ髪をひかせてはもらえませんかにゃん?」さらにさらに顔を近づけてジャスタウェイは言う。

「それって……ひゃん!」最後まで言う前にジャスタウェイは猫子の髪の毛にかみついた。

「あむあむあむ……」

ジャスタウェイのあむあむによって、あれよあれよと猫子は四つん這いにさせられ、されるがままになる。

「は、博士!……見てないでなんとかして!」助けを求めてみるが、

「残念だが私にこの行為を止めることはできません。なぜなら種牡馬と人との歴史的偉業を目の前にしているのですから」

「あむあむあむあむ……」ジャスタウェイはご機嫌であむあむを続ける。

「博士……いい加減に……」苦しそうな顔をし犬山を睨みつける猫子。

「これは偉大なる研究の一環です。猫子さん。あなたは今歴史の一部となるので

す！」

「……って、いい加減にしてください！」猫子はジャスタウェイを思いきり蹴っ飛ばし難を逃れた。

「種牡馬を蹴った!?」呆然と猫子を凝視する犬山。

「いたたた……」痛そうなジャスタウェイ。

「もお、こんなの……だめですよ」

「お言葉ですが猫皮さん。馬の種付けはぱっとやってきてぱっとすますのが常識なんです」と犬山。

「私はそんなの嫌。ジャスさん。あなたはとてもいい馬です。もし本当に私のことが好きなんだとしたら、段階を踏んでしっかりお付き合いをしてください。わかりましたか！」

「……はい。わかったにゃん」

「わかればよろしい」と猫子。

こうして、ジャスタウェイの久しぶりの暴走は猫子の一撃をもって幕を下ろしたのだった。

ちなみにこの後、猫子とジャスタウェイは本当にお付き合いすることになるのだが、それはまた別のお話。（笑）

砂漠地帯　反乱

「はあ……はあ……はあ……はあ……はあ……」

シナリオライターであり喫煙者の肺は小鹿のように虚弱でもろい。それでも大和屋は老婆との結婚を回避せんと必死に走り続ける。もうどのくらい走ってきたのかもわからないくらいの時間が経過していて、すでに取り押さえられているはずのセレブ達との距離は驚いたことに開いていた。否、開いているどころか追手の姿が見えなくなっているではないか。

「？」足を止め振り返る大和屋は、その静寂に首をかしげる。彼の視界には夜明け前の静寂に包まれた砂漠が広がっている。遠くに朝の気配が漂う空と黒い砂がどこまでも広がる砂漠。追手はどこに？　迷子にでもなったのか？　困惑しながらいま来た砂漠を見渡すと、遠くに光が見える。その光は道路沿いにひっそりと建つ一軒家。見ればレストランのネオンの看板のようだった。「リファール」と書かれたそれは、けばけばしい光を放ち砂漠の闇を照らしていた。煌々と光を放つ看板に引き寄せられる蛾のように大和屋が近づいていくと、まだレストランは営業中で、しかも中はたくさんの人々で埋め尽くされていた。

「…………」

大和屋がそっと中の様子をうかがうと、そこには大和屋を追いかけていたはずのセレブ達が集結していた。

「あれは……僕を追いかけていたセレブ達じゃないか……」

セレブ達の中のイニシアチブを握っていそうな一人が、一同に向けて語り掛けている。

「…………」

身を隠し様子をうかがうことにする大和屋。じっと耳を傾ける。

「我々の妻であるドバイの女王のわがままを、これ以上許してはいけない！」

「そうだ！」

「その通りだ！」

口々に追随の声があがる。

「我々は今こそ立ち上がらなければならない！　このままでは女王にこの自由の国を滅ぼされてしまう！」

「そうだー！」腕をふりあげ怒号をあげるセレブ夫達。

「我々夫達は女王の尻にしかれ、ただ従順にしていればいいのか？」

「否！」

「我々は女王の操り人形ではない！　意志をもった人間なのだ！」

「そうだ！」

「国を憂うセレブの夫達よ！　正しい道への第一歩を踏み出すのだ！」

「おー！」

「我々夫達は、今こそ立ち上がるべき時なのだ！」

「そうだ！」

「今だ！　今こそ女王を倒す時だ！」

「そうだ！　女王を倒せ！」思わず大和屋は声をあげる。その声に一同は注目する。

「大和屋だ……」「大和屋だ！」「捕まえろ！」セレブ達は口々に言いながら大和屋を取り囲む。

「え？」驚く間もなく大和屋は取り押さえられるのであった。

名探偵ジャスタウェイ。

北海道日高町・功労馬用放牧場06

「ジャスタウェイさんが最近熱中していることはなんですか？」

気をとりなおしジャスタウェイへの質問を再開する犬山。

「最近ですか……うーん、強いて言えばミステリーを読んでいます。海外の」

「そうなんですか、それは興味深い……」

「あの、ちなみに本はキンドルですか？」

「僕は紙派なんで、キンドルはほとんど使いませんね。どうも画面越しに本を読むのは気分があがらないっていうか……」

「確かに本は紙のほうがいいですよね。僕もそう思います」

「ちなみに本はどうやって読んでるんですか？　やっぱりその鼻でページをめくるんですか？」

「そうしたいのですが、よだれが本を湿らせてしまうので、今は私の担当をしてくれてる兎谷さんに読み聞かせてもらっています」

「どんな作家が好みなんですか？」

「ウィンズロウやエルロイが好みですが、最近はジェフリー・ディーヴァーやアンソニー・ホロヴィッツに嵌まってます。あの二人は外れが少ないから安心して新作を購入できます」

「どうしてジャスさんはミステリーを読むようになったんですか？」

「大和屋さんの影響です」

「馬主さんの？」

「ええ、あの人、名探偵コナンってアニメの脚本書いてたんですよ。たまに僕に会いにきたときには、愚痴ばっかり言ってたんでね。大変だ。難しい。なんかいいトリックないか？　プロットが通らないって」

「それで興味を持った？」

「仕事の愚痴なんてあまり言う人じゃなかったんで、どういうものなのかなぁって思って、試しにコナンを見てみたんですよ。そしたら……」

「そしたら？」

「あの番組、毎週人が死ぬんですよ。酷い番組だなぁって思って、ちょいちょい調べていったら、ミステリーってジャンルで探偵や刑事が事件を解決するのが普通だっていうじゃないですか」

「まあ、そうですよね。そういうものですから」

「僕なんかNHKのど深夜にやってるような熱帯魚が泳いでる海底の映像やグリーンチャンネルの番組の合間にやってるようなただ牧場で馬が戯れる映像なんかを見てるだけで全然楽しかったんですけど、こんなの見せられたらドキドキしちゃいますよね……」

「それでも、見るように？」

「最初はまったく理解できなかったんですけど、だんだんなんだかもしかしたら面白いのかなぁと思い始めて……」

「ミステリーを見るようになったと」

「殺される方は気の毒ですが、逃げ切ろうとする犯人を探偵さんたちが追い詰めていく姿はわくわくしますし、事件を解決したときの爽快感はやはりミステリーならではだなぁと思うようになりました。トリックを見抜いたり犯人が途中でわかったりすれば楽しさは倍増しますよね」

「結構わかっちゃうんですか？　犯人」

「こう見えてなかなかの事件解決率なのです。トリックなんかも今ではかなりの確率で見破れるようになりました」ふふんと鼻息、胸を張る。

「だったら、ジャスさんが探偵になったらどうですか？」

「はい？」

「見た目は子供が探偵する話はありますが、馬が探偵になるってのは前代未聞かもしれませんよ」

「確か犬とか猫の名探偵はありましたよね……でも馬は聞いたことないかもです！」

「そうだ。なんなら大和屋さんに脚本書いてもらったらどうですか？」

「ああ、いいかもしれませんね」

「サラブレッド名探偵、名探偵サラブレッド……名探偵ジャスタウェイ……タイトルをぴしっと決めておかないといけませんね」

「実際に事件のひとつふたつあなた自身で解決しておけばいい宣伝になるかもしれませんよ」

「ベストセラーになったらサイン会、うまくいったら次は映像化、実写にアニメにハリウッド進出。そしたらその後、舞台にもしましょう。一通りやりつくしたら数年後にリブート。夢はふくらみますね」と猫子。

「………」妄想するのはジャスタウェイ。顔がにやけている。

「主演は誰にやってもらいますか？」

「主演？」

「名探偵ジャスタウェイは誰に演じてもらうつもりですか？」

「うーん。だったらキタサンブラックにでもやってもらいましょうか？」

「ギャラ高そう！」思わず叫ぶのは犬山だった。

格納庫　四三回目の結婚式

女王とドバイアンは格納庫に設置されたカッシーナのソファに腰掛けている。手にはミネラルウォーター。そしてその様子を格納庫の端からジャスタウェイが見守っている。

「私は、横綱の土俵入りが好きだった……」

「土俵入り……」ドバイアンはつぶやく。

「……………」二人の様子をうかがっていたジャスタウェイは、土俵入りという言葉を聞き、白鵬の不知火型《しらぬいがた》の土俵入りを思い浮かべてみる。白鵬はいつも怖い顔をして四股を踏んでいたような気がする。とても強い横綱だったけど、たまに負けた時の場内の盛り上がりは白鵬が気の毒に思えるくらいのものだった。女王はどの横綱の土俵入りを見て感動したのだろうか？　いや、夫である横綱の土俵入りが好きだったのだ。つまりそれは偽物の横綱の土俵入り、そもそも横綱という名前の夫がいたというのはどういうことなのだろうか？　夫の横綱は何者で、相撲協会に所属しないで横綱という名前を名乗っていたということなのか？　芸名？　偽名？　横綱……？　苗字を八百屋や洗濯屋と名乗るのと同じようなノリなのか？　それとも外国向けのゲイシャ、フジヤマみたいな意味で横綱を名乗っていたのだろうか？　そもそもそんな夫がなぜ妻の女王の前で土俵入りを行っていたのだろうか？　どんなタイミングで披露するのか？　雲竜型《うんりゅうがた》なのか不知火型なのか？　化粧まわしはつけていたのか？　考えれば考えるほど謎は深まるばかりである。もしかしたらそんなノリでこのドバイアンプロジェクトも行われているのだろうか。ぼんやりとそんなことをジャスタウェイが考えていると、

「大和屋もきっと、立派な土俵入りをするのでしょうね」うっとりしながら女王は言った。

「！」ジャスタウェイは大和屋の土俵入りを想像する。引き締まっていない腹と細

い腕、圧倒的な筋肉不足の肉体はきっと見るに堪えないだろう。

「おそれながら女王様、大和屋はただのシナリオライター。土俵入りはできないのではないかと思われます」とドバイアン。

「え、マジで？」

「ええ、マジで……」

「じゃああなたもできないの？　土俵入り？」

「日本人なら誰でも土俵入りができると思ったら大間違いですよ」

「……そうだったの。それは残念だわ。あなたの土俵入りも、いつか見せてもらおうと思っていたのに……」

「私がまわしをつけるとでも？」

「髷《まげ》も結って欲しかったんだけど」

「……いやです」ドバイアンが言うと、がやがやと人の声が近づいてくる。

「？」ジャスタウェイが声のほうを見やると、セレブ夫達が大和屋をロープで縛って連行してきているではないか。心配そうな顔でジャスタウェイは成り行きを見守る。

「あら、皆さん。戻ってきたのね」

「はい。あなたの命令通り、大和屋を捕まえて戻ってまいりました」小突かれ、女王の前へと押しやられた大和屋が女王と対峙する。大和屋は女王ではなくドバイアンを見つめる。

「ドバイアン……」

「なんですか？」

「助けてくれませんか？　確かあなたは正義の味方でしたよね？」

「それはできない相談です。なぜなら私の正義の味方活動は、女王様が主導で行われているプロジェクトなのですから……」

「それは本当に正義なのですか？」

「……………」ドバイアンは答えない。

「さあ、それでは私と馬主の大和屋との結婚式を始めましょう」

女王がそう言うとどこからかイマーム（宗教指導者）とバンドと設営係やそのほかもろもろがあらわれて、あっというまに格納庫が結婚式場へと姿を変えていく。

「コングラチュレーション、女王様」笑顔を浮かべ、ドバイアンは拍手をする。

イマームが二人の前へとやってきて証明書を取り出す。

「では、ドバイ女王、クレア・バージャルアラブと脚本家、大和屋暁の結婚式を始めます。それぞれこの結婚証明書にサインを」証明書とペンを渡される女王と大和屋。

「ドバイの結婚ってサインするだけなんですか？」

「安心なさい。盛大なパーティーも行いますよ」とイマーム。

「ちょっと待って、つまりこの書類にサインしなければ、結婚は成立しないってことですよね？　同意のない結婚は認められないということなんですよね！」

「あなたにはあれが目に入らないのですか？」とイマームは顎をしゃくる。顎の先にはホテルにいたはずの馬肉職人が牛刀を光らせている。

「馬肉職人……いや、でも……どんなに脅されたってさすがに結婚は……」大和屋がもじもじしていると、

「女王様の四三回目の結婚を祝して！」ガシャッ！　物騒な音がしてセレブ達が銃を一斉に取り出した。シグ・ザウエル、ベレッタ、コルト、そしてトカレフ、中にはデザートイーグルのような巨大な銃を構えている者までいるではないか。

「ひいっ！　今度は銃で脅かそうっていうのか」情けない顔をして大和屋が叫ぶと、

「大丈夫、あれは祝砲よ。空に向けて空砲を撃つだけ」女王はフォローするかのようにつぶやく。

「中東の文化ではよくあることです」とドバイアン。

「空砲……なら安心か、いや、でもＣＳＩかなんかで空砲も至近距離で撃つと殺傷能力があるって……まあ、でも空砲ならね」などと大和屋がつぶやいていると、安心するのを待っていたかのようにセレブ達は銃口を一斉に女王へと向ける。様々な銃の黒い銃口が真っ直ぐに女王の身体へと狙いを定める。

「気のせいか銃口は皆こっちに向いてるような気がするのですが……」

「何をしているの？　あなた達、無礼ですよ」女王が目を細めてセレブ達を見やる。

「あなたはやりすぎた」イニシアチブのセレブは言う。

「やりすぎたですって？」

「そうです。もうあなたのわがままを許しておくわけにはいかないとの結論に我々は達した。あなたの独裁は、今この瞬間をもって終了するのだ！」

「女王、あなたは一妻多夫制を利用し世界中の男たちをコレクションした。世界中の男たちを次から次へとつまみ食い！」

「つまみ食いだけでは飽き足らず、夫達の万国博覧会の開催を企んだ！」

「企んだ！」

「世界の夫オリンピックの開催も画策した！」

「画策した！」

「平和の祭典の後には必ず醜い争いが沸き起こる！　それは歴史の必然！」

「必然なのだ！」

「我々世界中のコレクションの夫達によって、第三次世界大戦を勃発させようとしているることはもうわかっている！」

「わかっている！」

「いや、それはさすがに飛躍がすぎるのでは……？」と大和屋が突っ込む。

「あなた達はいったい何を言っているのです？」と女王。しかしセレブ達は二人の突っ込みにも構わず続ける。

「とぼけるんじゃない！　あなたは我々を互いに争わせ、つぶし合わせて、全滅させ、新しいフレッシュな若い夫をコレクションしようとしているのだ！」

「我々世界のセレブ達を排除し、新たな玩具を手に入れようとしているのだ！」

「そんなに若い男が好きか！　そんなに新しい男が欲しいのか！」

「そんなことはありません！」女王は決然と叫ぶ。

「確かに、万国博覧会とオリンピックは開催したいと思っていた時期もありましたし、今も開催できたら楽しいなと思っています」

「やっぱりそうか！」

「ですが第三次世界大戦だなんて、考えたこともありません！」

「嘘だ！」

「そもそもオリンピックも第三次世界大戦も同じようなことだろうが！」

「そうでしょうか……」と大和屋。

「争う部分は一緒かもしれません」とドバイアン。

「誤解です。何もかもが誤解です！　新しい世界の夫コレクションを始めるつもりなんて…………ありません！」

「今の間はなんなんだ！」とセレブ達は不自然な間に対し一斉に突っ込む。

「確かに今、妄想はしました。ですが私は本当にそんなことを考えてなどいません……」

「嘘だ！」

「現にその男は新たなコレクションの第一歩と言っていい！」

「言いがかりにもほどがあります！　いますぐ宮殿に帰りなさい！　これは命令です！」と女王。しかし、誰一人としてその要求には応じない。

「…………」にらみ合う二陣営。

「私の言うことが聞けないというのですか？」

「俺達を捨てるつもりなんだろ？」

「そんなこと、許すものか！」

「ならば捨てられる前にその大きな口を閉ざしてもらうとしよう！」

「おおーーー！」湧き上がる怒号が格納庫に響く。

「ドバイアン！　こいつらをなんとかなさい！」と女王。

「ついでに僕を助けてください！」と大和屋。

「それはできません」とドバイアン。

「どうして！」

「ちょっと、大和屋さんは黙っててもらえませんか？」

「あ、はい……」

「さあ、助けなさい！　今こそ正義を行使するのよ！　ドバイアン！」

「ええ、そうですね。そうするべきでしょう……では、皆さん、正義の行使をおねがいします」

「おーーーーー！」

ドバイアンの言葉にいきり立つセレブ達。中心の数名が女王を取り囲み、そして拘束せんと距離をつめる。

「どういう、ことなの？」と女王はとまどいながらつぶやく。

「古い女王にはご退場ねがって、新たな女王が誕生する。つまり、美少女女王ドバイアンだ！　ふふっ」

「え!?」女王と大和屋はドバイアンを見やる。

「聞いたよ、女王。あなたのすべての卑劣な企みを………彼女から」

「彼女って……ドバイアンのこと？」

「…………」ドバイアンは何も言わずにじっと二人を見つめた。

「我々は、新たな風を求めているんだ」

「ドバイアンというフレッシュな若き新風をね」

「クーデター……」青ざめ大和屋はつぶやく。

「違う、これは新たなる幕開けだ！」

「幕開けだ！」

「ふふ……」ドバイアンは微笑を浮かべる。

「皆、ドバイアンの虜になっているのか……だったら俺も虜にして欲しかったのに

……」悔しそうに大和屋は言う。

「脚本家の大和屋暁」女王が言う。

「あ、はいなんでしょうか？」

「私を助けなさい」

「なぜそんな義理が僕にあるのですか？」

「結婚を約束した仲でしょう？　それから偶然にもドバイアンの格好をしているわ。つまり私を助けるのは当然と言えないかしら？　そうでないとしても無力な老婆が銃で脅されている姿を目の当たりにすれば、やっぱり助けるのが筋というものではないのですか？」

「いや、それは無理です。ドバイアンの格好をしてはいますが、私は無力な脚本家、銃に対抗する力を持ってはいません」

「もういいかしら？」とドバイアンは言うと、セレブ達に目で合図する。

「さあ、女王をとらえるのです！」

「女王、覚悟！」

「冗談じゃありません！　いやああああああ！」そう叫ぶと女王は逃げ出した。

「逃がすな！　追え！」

「おおおおおおおおおおおおお！」セレブ達は女王を追う。

「ではこのどさくさに紛れさせてもらいましょう」大和屋が逃げようとすると、

「そうはさせるか！」とセレブ数名が立ちふさがる。

「なんで？　あなたがたの目的は女王様でしょ？」

「なぜかって？　それは……」とまで言うと、存在を忘れ去られていたジャスタウェイが乱入してきてセレブを後ろ足で吹っ飛ばす。

「ジャ、ジャス君？」

「ひひーん！」ジャスタウェイはいななくと、大和屋を促し格納庫から逃げ出した。

犬山の悪だくみ。

北海道日高町・功労馬用放牧場07

「ドバイの話ですっかり本題を忘れていたのですが……」と犬山。

「なんでしょう？」

「ジャスタウェイさんは競馬の予想は得意なほうですか？」

「競馬の予想……？　うーん……あまりしたことはありませんけどね」

「例えば、天皇賞の時は走る前から勝てると思ってたんですか？」

「まあ、調子は良かったですけど、相手があることですしねぇ」

「では、テレビ画面のパドックを見て、どの馬が強そうだとか、この馬は走らないだろうとか、わかったりしますかね？」

「調子の良し悪しはわかると思うけど、誰が勝つかは画面越しからじゃ難しいかもしれないなぁ」

「というと？」

「どれだけ調整がうまくいっても本人がやる気にならないと勝つのは難しいから」

「というと？」

「言葉のとおり、馬体がどんなに綺麗でも走らない馬もいるし、馬体がどんなに太かったり細いように見えても、走る馬は走るでしょ。入れ込んで馬っけを出してこれは走らないだろうと思っても、いざ競馬となったら逃げ切ったなんてパターンたくさん目の当たりにしているんじゃないですか？」

「ええ……そうですね」

「人間のアスリートと違ってサラブレッドは自分で選んで競馬場に来たわけじゃないですから、一生懸命走るかどうかはどういう環境で育ったかによって大きく変わりますからね。もちろんその日の気分でもそうです。雨が一滴でも降ったら走らない馬や、牝馬が一緒に走ってると必ず牝馬の後塵を拝する馬とかいますよね？　前回一生懸命走ったからって次も真面目に走るとは限らない。走ることが大事だと思うか、走るのが面倒と思うかは、本人次第ですしね」

「確かに……」

「誰が上に乗るかでも大きく変わってきますよね？　ルメールや短期免許の外国人騎手が乗るのと、名前の読み方もよくわからないあんちゃんが乗るのでは、期待のかけ方が違うし、馬うんぬん関係なく人気になったりならなかったりするでしょう？」

「あの、何言ってるか全然わかんないんですけど……」

「当たり馬券に近づく方法を相談しているんですよ」そう言うと犬山はジャスタウェイに質問を続ける。

「やはりジョッキーというのは大きい要素になるんですかね？」

「邪魔をするかしないかだけでも大きい要素になりますよ。さらに言えば位置取りや仕掛けのタイミング、エスコートの仕方やしゃべり口調によっても結果は変わってくると思います」

「なるほどなるほど……」

「言うまでもないですけど、追い方や重心のかけかたが異なるだけでも推進力は大きく異なってきますよね。でも、やっぱり一番大切なのは、馬のやる気に水をささない。つまりは邪魔をしないってことじゃないですかねぇ……」

「うーん……」考え込む犬山。

「とまあそういうわけなんで、競馬の予想なんて難しすぎて……」とまで言うと犬山がはっとして顔をあげる。

「もし、パドックの音声が聞こえたらどうです？」

「え？」

「パドックで歩いている馬達のやりとりが聞こえたら、的中率は上がるんじゃないですか？」

「そうですね。確かにしゃべってる内容がわかれば予想には役立つかもしれません。会話のやりとりもそうですし、独り言なんかでも参考になるかもしれませんね」

「新馬戦なんか特に分かりやすいんじゃないんですかね？」

「初めての競馬場ですからね。しゃべっている内容がわからなくても、見ただけで明らかにわかることってありますよね」

「パニックになってるもの、動じてないもの、やる気がないもの、興奮しているもの……新馬のパドックでは馬がいろいろしゃべっていそうに見えます」

「まあ、わかるかもしれないですね」

「そうですか、それはそれは……」ニヤリとする犬山。

「？」そんな犬山のニヤリを猫子はじっと見ていた。

砂漠　ジャスタウェイのひらめき

ジャスタウェイと並走する大和屋。走力の違いは歴然としてはいるが、大和屋は大和屋なりに必死にピンチから逃れようと走っている。そんな必死な中年男を見やりながらジャスタウェイは自身の半生を振り返る。牧場でほっぽらかされて過ごした幼少時代。有無を言わさずに競走馬になるための訓練を受け、売りに出された。がに股だという理由だけで誰も自分を買おうとはしなかった。この男以外は……。なぜこの男は自分を買おうと思ったのか、なぜ大した財産があるわけでもないのに自分を買ったのか？

その答えをジャスタウェイは知っていた。大和屋は大バカなのだ。ジャスタウェイの父であるハーツクライの四〇分の一の会員だったこの男は、突然のハーツクライの引退に憤慨し、それを機に馬主資格を取った。誰に指図されることなく自分で馬の進む道を決めるために、何も知らない無知蒙昧なままに馬主資格をぎりぎりで取得して、無知蒙昧なままにセリ会場へと乗り込み、上場されたハーツクライ産駒に片っ端から手を挙げて、この自分を競り落としたのだ。ガニ股というだけで誰にも見向きもされなかった自分を……。この男はガニ股だということにさえ気づかずに自分を買った。買った後にその事実を聞かされても、逆に喜んでいた。お父さんもガニ股だったと。だから、そんな無知蒙昧で純粋なこの男のために、自分はひと肌脱いだのだ。そしていま、このドバイの地に立っている。……はずだったのに。

なぜ競馬が終わった今、たくさんの男たちに追われ、この男はピンチに陥っている？

ここには競馬をしにきたはずなのに、なぜこんなわけのわからない状況に陥っているのだろう？　自分は馬房でレースの疲れを癒しているはずなのに。ニンジンを貰って脚なんかをもんでもらっているはずなのに競馬場ではなく砂漠を走っているのはなぜなんだろうか？

ドバイアン……あの仮面の女が厩舎にやってきて薬を盛ったチョコレートパフェ

を皆に振る舞ったことから始まったのだ。レースの勝利を祝うかのように、まるで主催者からの差し入れかのようにパフェを皆に自然に食べさせていった……。確かあの時、ドバイアンは何か重要なことを言っていたような気がする……。

「！」

そうだった！　なぜこんな大切なことを忘れていたのか⁉　ジャスタウェイは思わず足を止める。そして、あの時の様子を思い返してみる。

チョコレートとアイスクリームとクッキーとバナナとクリームがふんだんに盛り付けられたあの特製のチョコレートパフェ。ドバイアンは確かあの時、こんなことも言っていたような気がする……。

「いっぱい食べてくださいね！　良かったらごはんもありますから」

そうだった！　なぜこんな大切なことを忘れていたのか⁉

驚愕するジャスタウェイは砂漠の空を仰ぐ。

「……ん？　どうかしたの？」膝に手を置かんばかりに疲れている大和屋が、急に足を止めたジャスタウェイにへろへろと走りながら声を掛ける。

『なんとかして伝えなければ』ジャスタウェイは思う。取り返しのつかないことになる前に、大和屋にこの事実を伝えなければならない。ドバイアンの正体を……。しかしジャスタウェイは人間の言葉をしゃべれない。目を見つめればなんとなく伝わったりしないものかとも思ってみるが、この男はそういう機微に長けているとは思えないし、むしろそういうことにはまったくといっていいほど鈍感である。いったいどうすれば……万事休すかと思われたその時、

「ごめんよ慢性の運動不足で……これでも頑張って走っているんだ」言い訳がましいコメントを発しつつも、一応頑張って走っている大和屋の姿がジャスタウェイの目に入る。砂にめりこむ足、どたどたと足音を立てて走る大和屋の姿を見やり、ジャスタウェイは突然思い出す。

「！」ジャスタウェイはじっと大和屋を見つめ、やるしかないと覚悟を決める。そして走り出した。

「あっ、ちょっとジャス君！」ジャスタウェイのキャンターについていけるわけもなく、大和屋はあっという間に置いていかれる。

力むこともなく美しいフォームで三ハロン（約六〇〇メートル）も走るとジャスタウェイは足を止め、ふたたび大和屋の方を向く。

「……」

闘牛のごとく前足で砂をかくと、ぶふんと鼻から息を吐いてジャスタウェイは全力で、大和屋めがけて走り出した。

『ぱからん！　ぱからん！　ぱからん！』

さすがは競走馬、離れていったはずの大和屋との距離があっという間に詰まっていく。その時、ジャスタウェイの脳内から音が消えた。

『ぱからん！　ぱからん！　ぱからん！　ぱからん！　ぱからん！』

この不思議な感覚は大和屋が勝手に感じていたものではなかったのだ。天皇賞秋やドバイデューティーフリーの勝負所で感じたあの感覚。その時、ジャスタウェイも同時に感じていたのだった。すべての音が消え、ジャスタウェイの蹄の音だけが響いていく。

『ぱからん！　ぱからん！　ぱからん！　ぱからん！』

大和屋も驚き目を見開く。

『ぱからん！　ぱからん！　ぱからん！　ぱからん！』

ジャスタウェイは蹄の音にのせて、伝えなければならない思いを念じる。蹄のリズムに乗せてジャスタウェイは強く強く念じる。

『ぱからん！　ぱからん！　ぱからん！　ぱからん！』

『♪今すぐ！　女王たちの元へ！　引き返さなければ！　なりません！』

その思いを感じ取った大和屋も、蹄の音に乗せて返事をする。

『ぱからん！　ぱからん！　ぱからん！　ぱからん！』

『♪冗談でしょ！　面倒はごめんだ！　危ないのは嫌なので！　ホテルで眠りたい！』

『ぱからん！　ぱからん！　ぱからん！　ぱからん！』

『♪わがままは許しません！　取り返しのつかないことに！　なる前に！　今すぐ戻るのです！』

『ぱからん！　ぱからん！』

『♪嫌だったら！　嫌だ！』

『ぱからん！』

『♪なら問答無用です』

ジャスタウェイはそう念じると、有無を言わさず大和屋の首根っこにかみついて、自身の背中へ放り投げる。

「うわっ！」大和屋が背中に着地したのを確認し、ジャスタウェイは空港へと全力で走り出す。

「あ、ちょっと！　怖っ！　ていうかジャス君！　僕みたいに重たいのを乗っけて全力疾走はまずいんじゃないの⁉」

「…………」

ジャスタウェイは答えずに走る。空港へ向かって。

もうひと花。

北海道日高町・功労馬用放牧場08

「ジャスタウェイさん。僕らと一緒に行きませんか？」

「はい？」

「もうひと花咲かせるつもりはありませんかと言っているのです」と犬山。

「さっきの話からすると、競馬の予想をしろと言ってるんですか？」

「そうです。世界初の競走馬による競馬予想。それが世界一をとったことのあるジャスタウェイさんだったら世界的なセンセーションを巻き起こすことになるでしょう。しょっぱなに大穴をがっちり当てれば巨万の富を得ることができるでしょう！」

「お金にはあまり興味がないんですが……」

「ジャスタウェイさんはお世辞にも種牡馬で大成功したとは言えませんよね？」

「…………」

「ディープインパクトやオルフェーヴルを差し置いて、あのイクイノックスに先んじて世界一になったあなたがこのまま終わってしまっていいのでしょうか？」

「一応、キッドやウルスやエヴァイユやヒヒーンが頑張ってくれていると思うんですけど……」

「でもキタサンやリチャードなんかに比べると、成功したとは言いづらいですよ。実際、社台スタリオンステーションから追い出されてるわけですからね。だからこそ、次の一歩を踏み出す時なんじゃないんですか？」

「うーん……尻馬に乗るよりは自分で走りたい性分なもので……」

「猫子も一緒についてきますよ」

「にゃん？」

「滋賀県で会社を興すつもりです。外厩《がいきゅう》の近くにビルを建てます。走りたくなったらそこへ行けばいいですよ。榎本さんや須貝先生も近くにいますし気軽に会いに行けますよ。専用の馬運車も用意します。馬房《ばぼう》とは別に猫子とくつろぐ部屋も用意しましょう。もちろん、ここより広い放牧場も三つ用意することにします」

「猫子にゃんと一緒の部屋……」

「飼葉も最高級のものにしますし、サプリなんかも今まで以上に充実させます。ニンジンやリンゴなんかもブランド物のを取り揃えます。そうだ！　来客用の馬房もいくつか用意しますね。それから専用の厩務員さんも」

「いたれりつくせりですね！」

「とはいえ、まずはジャスタウェイさんに予想してもらって原資を増やしてもらわないと始まりません。僕の貯金が三〇〇万円くらいあるんでちゃちゃっと転がして七億くらいまで増やしましょう。そしたら会社を登記して、自社ビル建てて、事業を開始します」

「…………」

「大々的に宣伝をして競馬開催の当日に有料会員を集めて予想をライブ配信しましょう。私の開発した薬缶の特許なんかで収入は得られるでしょうし、さらには資金をジャスタウェイさんの予想を元に運営していけば、われわれは巨万の富を得続けることができます。その資金を使えば、僕たちはなんだってできます！」

「とりあえずバーキン！」と猫子。

「とりあえず磯自慢の大吟醸！」

「スマホ新しくできるかも！」

「東京の土地を手に入れられるかも」

「フィリピンで島とか買っちゃいますか？」

「プライベートジェットなんかも夢じゃないですよ！」

「ジャスさんの馬服をオーダーメイドしちゃいましょう。テレビに出るんですものね」

「…………」

「さあ、ジャスタウェイさん、今こそ決断の時です！」

「…………うーん」

「どうかしましたか？　悪い話じゃないと思いますけど……」

「………」考えるジャスタウェイの姿。

「何か問題でもありますか？」

「一応、余生をのんびり暮らしてますが、こう見えて僕は大和屋さんの馬なんで……やるんだとしたら断っておかないと」

「ああ、確かにそうかもですね」

「こんな話をしたら絶対面白がって一枚噛ませろって言ってくると思うんですよね……」

「いいじゃないですか、あの人出たがりな感じがするから一緒にライブ配信に出演してもらったらいいんじゃないですか？」と犬山。

「うーん………」難色を示している。

「どうかしましたか？」

「いいんですけど、大和屋さんって、あの人、クズなんですよね」とジャスタウェイは言った。

「そういえば、本題で忘れてましたが、ドバイの大和屋さんはそれからどうなったんですか？」

「こうなりました……」とジャスタウェイは昔話を再開した。

三たび格納庫　それは、あなただ

照明の一つが不規則に点滅している。開かれた扉から見える朝の滑走路と澄み切った青い空。およそ人がいるべきではない時間の広々とした格納庫の中には、ドバイアンと世界のセレブ達。そして縛られた女王が一同に囲まれていた。女王の表情には恐怖、怒り、悲しみ、焦り、計算、媚、その他もろもろの感情が複雑に絡み合いとどまっていた。そんな女王を一番近くで見つめているのはドバイアン。そして取り囲むセレブ達。

「どうしますか?」セレブのリーダーがドバイアンに聞く。

「終わりにしましょう。これ以上彼女の横暴を許してはいけません」ドバイアンは冷静に指示を出す。

「本気で言っているの?　あなた」女王が聞くと、

「もちろん。それだけのことを、あなたはしてきたのだから」

「待ちなさい！　ドバイアン！」

「話は終わりよ。女王……やってください」ドバイアンはセレブに指示を出した。

「はっ」セレブは頷くと、仲間達に向き指示を出す。見ていればわかるはずなのに厳かに伝言ゲームは続けられ、伝令役のセレブが声を張り上げる。

「狙えっ！」

号令に促されるとセレブ達はまたしても一斉に銃を抜く。そして縛られた女王へまたしても狙いを定める。

「やめなさい！　ドバイ王国の女王として命じます！　今すぐ銃をしまい私を解放なさい！」

「もう遅い。何もかも手遅れだ……」

トリガーに指をかけたセレブ達も緊張の面持ちとなっている。

「新しい時代を……」

指に力がこもる。今まさに弾丸が放たれようとしたその瞬間、蹄の音が遠くから近づいてくる。

「！」

音に気づき顔を上げるセレブ達。音はさらに近づいてきて、ジャスタウェイが姿を現した。そして、その鞍上には大和屋が見様見真似で手綱を手に、ジョッキーのようなポーズをとっている。ジャスタウェイは真っ直ぐに女王へと向かっていき、女王をかばうように大和屋は地面へと着地。ジャスタウェイは女王を囲むセレブ達を文字通りに蹴散らした。大和屋はドバイアンにもらったバンダイの玩具風ステッキを、ドバイアンの喉元へ突きつける。

「！」ドバイアンは思わず固まり、大和屋を見つめる。

「そこまでです。ドバイアン」

「大和屋さん……」

「もうやめるんだ。取り返しのつかないことになる前にね」

「すでに後戻りなんてできませんわ」

「大丈夫。まだ、踏みとどまってる」

「…………」女王は一同の様子をうかがっている。

「どういう意味？」探りを入れるような視線を向けるドバイアン。

「女王様、話してください。横綱とのなれそめを」

「…………」女王はその要請の意味を知り、そして語りだした。

「あれは……私がイタリアを旅した時だったわ……」

女王は過去に思いを馳せる。


視界の向こうにヴェスヴィオ山を望むナポリの港、どこまでも青い地中海の海に、波に揺られる小さなそしてカラフルなボート達が何台も整然と並び、係留されている。カラッとした空気が町を包み込むイタリアの風景はまさに世界屈指のリゾートである。

まだ若き日の女王が買い物袋を抱えたセレブの男達を引き連れ楽しそうにカラフルな町をスキップで進んでいく。

「ははっ！　砂漠じゃないってだけでテンションはあがりますね」楽しそうに走る若き日の女王と同行するセレブ達六人。

「女王様、お待ちを。走っては危険です」

「目はついています。子供ではありません」そう言うと女王は先頭を行く。ピンク色の建物を抜けていくと、小さな広場のような場所へと出る。石畳が敷き詰められ、中心には小さな噴水とこの町の偉い人の銅像が飾られている。そんな銅像のすぐ近くに半裸の男が立っているのが見える。

「？」はっとして思わず足を止める女王。

そこで目撃したのは、まわしをつけた太った日本人。頭は髷を結い、上半身を露出した横綱である。広場の中心へ所作を気にしながらゆっくりと進んでいた。

「…………」

言葉も忘れ見守る女王。その姿に気づくことなく横綱は雲竜型の土俵入りを開始。ラジカセから流れる和風の呼び出しに乗せて、四股を踏み始める。その四股に合わせるようにラジカセからは「よいしょー！」の掛け声が響く。宝物でも見つけたかのようにほほ笑むのは女王。

「あれは何？」と連れのセレブに質問すると、

「あれは相撲レスラーを真似た日本人の大道芸人のように見えます。見たところ太ってはいますが筋肉がついているようには見受けられない」

「日本人の……そう。ちなみにあの相撲レスラーは何をしているの？」

「大相撲の土俵入りを真似しているところかと思われます。幕内の取り組みが始まる前に、横綱があやってお客さんに顔見世を行うのが習慣になっているのです」

セレブが解説をしている間も、女王は相撲レスラーの土俵入りする姿をじっと見

つめていた。しばらく見つめていた女王だったが、

「うん」とつぶやき力士のもとへと駆け出した。

「女王様！」

「よいしょー！」ラジカセの掛け声に合わせて四股を踏んでいる力士。そこへ女王がやってきて声をかける。

「あなた。名前は？」

「私の名前は横綱でごわす。私の芸に感銘を受けたならば、ここにお代を入れていただけるとありがたいでごわす！」

「お金が欲しいの？」

「お金が欲しくない大道芸人がいるでごわすか？」

「そう。だったら私と結婚したらいいわ」

「？」

「ほら、これを見て」女王はそう言うとおもむろに一〇〇ユーロの札束を差し出す。

「…………」じっと大金を見つめる横綱。

「私の物になりなさい。そしたら、もっとお金をあげるわ」

「…………わかったでごわす」

「そう、良かったわ」

「ひとつ、条件があるでごわす」

「何？　言ってみて」

「……昔、世話になったピザ屋の娘を幸福にして欲しいでごわす」

「……わかったわ」言葉の意味をよく吟味して女王は受け入れる。つまりはそういうことなのだろうと。

「彼女は不治の病を患って入院しているでごわす。助けてやって欲しいでごわす」

「いいわ。手配しましょう」

「……ありがとう」

「それじゃ、結婚式場に行きましょう」にっこりと女王はほほ笑んだ。

「……こうして、私は七度目の結婚式をあげたのよ」

「ちなみにそのピザ屋の娘さんはどうなったのですか？」大和屋は女王に聞く。

「約束通り口座にお金を送ったわ。その甲斐あって彼女は持ち直したと聞きました。その後どうなったかは、私にはわからないわ」

「その後、どうなったかは気にならなかったんですか？」

「命と引き換えに横綱は私の物になった。それで充分じゃなくって？」

「なるほど、だから知らないんですね」

「え？」

「……」大和屋はじっとドバイアンを見やる。

「大和屋さん、あなた、知っていたの？」

「さっきジャス君が教えてくれました。チョコレートパフェをおかずにごはんを食べる人間が他人同士とは思えないって」

「……」ドバイアンは胸に手を当てる。

「ピザ屋の娘は元気になったけど、お腹に命を宿していた……その後、ピザ屋の娘は可愛らしい女の子を産み、そして育てた」

「……」ドバイアンは目を伏せ顔をそむける。

「横綱の娘……それは、美少女仮面ドバイアン、あなただ」

どこかの刑事かのごとく大和屋はドバイアンを指さした。

「！」

一同は驚愕しドバイアンに注目する。注目されたドバイアンはどうしたものかと思ってみたが、

「……そうよ。それが私です」あっさりと認めた。

「女の子は、ピザ屋の娘に育てられ、何不自由なく成長した。たまに困るのはお父さんがいないことぐらい。母子水入らずで幸せな人生を送っていくと女の子は信じて疑わなかった。だけど……残念ですが、お母さんの病気が再発したようです……医者はそう言った。母は最先端の治療も虚しく病状は悪化していき、そして私を残して死んでしまった。でも、死の直前、母は私にすべてを語ってくれた」

病院の個室。ベッドに横たわったドバイアンの母は、いくつものコードに接続され生かされている。心電図がお約束の音をたて、ベッドの脇にはドバイアンが座り、母の手を握っている。

「お母さん。大丈夫よ。きっとお医者さん達が治してくれるから」セーラー服を着たドバイアンが母の手を握り締めている。

「無理ね。私はもう死ぬわ。きっちり余命の宣告も受けちゃったしね」頬骨が浮き目の下には黒いクマ。やつれた顔の母が笑いながら言う。

「お母さん……やめてよ」

「死ぬ前に最低限伝えておかないといけないと思ってね。お店のことや、秘伝のレシピ、へそくりの隠し場所もそうだけど、一番はあなたのお父さんのことよ」

「私の……お父さん？」

「そうよ。知りたいでしょう？」

「どうでもいい。私を捨てたお父さんなんて……」複雑な表情をし彼女は言う。

「違うのよ。お父さんはあなたを捨てたわけじゃない」

「じゃあ、どうしてここにいないの？　お母さんがこんなに苦しんでいるのに！」

「来たくても来られないのよ。だって、もうこの世にいないから」

「え？」

母親はパジャマのポケットから一枚の写真を取り出した。それは相撲取りの格好をした横綱と母が両国国技館をバックに笑っている写真だった。

「見て、これがあなたのお父さんよ。名前を横綱っていうの」

「……力士だったの？」写真を手にしたドバイアンはじっと二人の若いころの写真を見つめながら言う。

「違う……力士の格好をした大道芸人だった」

「大道芸人……力士の⁉」

「理解しがたい気持ちもわかるわ。もともとは物真似が得意な芸人だった。力士達の細かい所作やくせなんかを真似して一時はＴＶに出たりしていたんだけど……すぐに仕事がなくなってね」

「…………それで、お母さんの手伝いもしないで私達の前からいなくなったの？」

「違うわ。あなたのお父さんは死んだのよ。持病の糖尿病を悪化させて七年前に……」

「それ以前から一度も姿を見たことがないんだけど……」

「事情があるのよ」

「そんなこと今さら言われても……」

「お父さんは、私達の命を救うために、ドバイの女王に自分の人生を捧げたのよ」

「ドバイの？」

「そうよ。難病の私の治療費と引き換えに、あの人は女王の第七夫として婿入りしたの。そのおかげで、私とあなたは生きていられるの。今ここにいることができるのはあの人のおかげなのよ」

「それじゃあ……」

「お願い。お父さんを憎まないでちょうだい……」

「…………」

「…………あの人は、あなたのことを愛していたわ」そう言うと天井を見上げ、母親はゆっくりと目を閉じた。

薄暗い家の中。ピザ屋の店舗と兼用の家の居住部分は古く狭い。居間には母親の遺骨と遺影が飾られ線香が煙を立てている。化粧台を前にドバイアンが粛々とメイクをしていた。

「母が他界した後、私は大道芸人横綱について、そして横綱を奪ったドバイの女王について調べることにした。ドバイの女王はたくさんの夫をコレクションし、ドバイ財団の実質的な支配者であることを突き止めた。さらにそのドバイ財団が、正義の味方活動を開始し、美少女仮面ドバイアンの世界的なオーディションを行う募集広告を出していることを知った。だから私は……」

メイクが終了したドバイアン。学生の時とはまったく異なり、妖艶で娼婦のようなメイクを施していた。

「ドバイへ乗り込むことにしたわ」

テーブルの上のパスポートを鷲掴みにして立ち上がり、母親の遺影を一瞥する。

「行ってきます。母さん」

そう言うとスーツケースを片手で引っ張り、部屋を出ていった。

「東京予選から始まった美少女仮面ドバイアンのオーディションを私は順当に勝ち進んでいった。勝つためならばなんでもやった。本命と言われる候補者の足を引っ張り、審査員達を誘惑し、決勝ではカラオケまで歌って合格し、ついに美少女仮面ドバイアンの称号を勝ち取った」

きらめく照明がスタジアムの舞台を照らす。大勢の観衆、くせの強そうな審査員達。そして一六人のオーディションの候補者。中心にはコスチュームに身を包んだドバイアンの姿があった。笑みを浮かべているが、それは営業スマイルにほかならない。

ドバイアンの告白は続く。

「私はドバイアンの本来の仕事である正義の味方活動を行いつつ、女王のコレクションである世界のセレブ夫達に接触し、味方につくよう夫達を説得していきました。私の虜にするために、手段を選ばずに夫達を手なづけていきました」

「俺はふくらはぎを揉ませてもらった」

「私は二の腕をぷにぷにさせてもらった」

「なんだそれ！　羨ましいぞ！」

「俺は耳垢を煎じて飲ませてもらった！」

口々にセレブ達は自慢している。

「女王が計画中の世界平和を願って開催される万国博覧会、オリンピックの後には必ず戦争が勃発する。彼らはこの言葉を信じました。そして彼らは次々と老いた女王ではなく私に加担するようになっていきました……」

「私が、あなたの仇だから……」

「そうよ！　私の家庭をばらばらにしたあなたが憎かった。私の父を金で奪ったあなたに復讐してやろうとした！　あなたを倒してドバイ財団の利権と資産を私の物にしようとしたのに……」

ドバイアンはがっくりとうなだれる。格納庫の床に涙がひとつ、ふたつと落ちる。

ドバイアンは涙している。

「でも、それも失敗に終わってしまった」

「……」女王はじっとドバイアンを見つめ、そしてゆっくりと近づいていく。

女王はドバイアンのそばへとやってきた。じっとその瞳をのぞき込むと、肩に手を添える。

「ごめんなさい。ドバイアン……」

「え……？」

「あのころ私は若く未熟だった。女王になってまだ間もなく、一妻多夫制が楽しくて、世界各国のセレブ達をコレクションするのに夢中だったわ。夫の万国博覧会を開くことを思いついたばかりだったから……」

「女王様…………」

ドバイアンがじっと女王を見つめると、女王の頬に涙が伝う。

「悪いのは私です。本当にごめんなさい。これで罪滅ぼしになるとは思いませんが……」そう言うと王冠を自ら外し、ドバイアンの頭にのせる。

「え…………？」

「現時点をもって、ドバイ女王の座を、ドバイアン、あなたに譲ります」

「女王様……」

「ドバイアン、ドバイの未来を託しましたよ」

「……はい」

大団円。感動の笑みを浮かべる二人だったが、見ていた大和屋や夫達は驚愕している。

「いや、ちょっと待て」とキングが口火を切る。

「ドバイアンが横綱の娘で、横綱の娘がドバイの女王になれるなら、俺達の娘だってドバイの女王になるチャンスはあるんじゃないのか？」

「そうだそうだ！」

「ですが、一妻多夫制の女王には跡継ぎはいなかったのでは？」とドバイアンが聞く。

「細かいことは気にするな！　連れ子だったり愛人の子だったり、いろいろとあるだろうが！」

「さあ！　女王よ！　俺の娘を新女王にするんだ！」

「いいや、そいつの娘はつむじが左巻きだ！　うちの娘のほうが女王にふさわしい！」

「俺の娘は足のサイズが28だ！　こっちのほうがふさわしいぞ！」

「いいや！　うちだ！」

「ここは私の娘がなっておくべきでしょう！」

「さすが元々は一夫多妻制の夫達、貞操なんてものは存在していないようだ」と大和屋はつぶやく。

「こうなったら偉い友人に頼んで議会に圧力をかけてもらおう！」とスマホを操作するセレブの一人。それを見たほかのセレブ達も一斉にスマホを取り出した。

「こっちは一流のパパラッチを雇った！　お前らの娘ら全員をスキャンダルまみれにしてうちの娘が女王を継ぐ！」

セレブ達はつぎつぎに電話をかけ、メールをし、協力を依頼している。鳴り響く呼び出し音に振動するスマホの数々。

「政治家なんかに頼るのは愚策、こっちは一流の殺し屋たちを雇ってやったぞ！」

「なんだと！　うちの娘を狙うつもりか！　ならば世界の名探偵を雇って殺し屋たちを全員捕まえてやるっ！」

「探偵なんてくそくらえだ！　裏から手を回して警察を動かしてやる！」

「だったらこっちは軍を動かしてやる！」

「こっちはEUだ！」

「EUがなんだ！　こっちはユナイテッドステイツだ！」

「アメリカなんかくそくらえだ！　人民解放軍を投入するぞ！」

「ロシアだ！」

「台湾だ！」

「モンテネグロだ！」

口々に声をあげるセレブ達。すると、空からひゅーんと音が近づいてきて、格納庫のすぐ近くの滑走路で爆発が起きる。

「なっ！」

畳みかけるかのように格納庫の上空を編隊の戦闘機ミラージュ2000が轟音を立てて飛んでいく。

「ドバイアンが言っていた通り、本当に第三次世界大戦が勃発してしまったじゃないか！」と大和屋は顔面蒼白になりながらジャスタウェイに抱き着く。

「…………」さすがのジャスタウェイもなす術がなさそうだ。

「どうしたら……」ドバイアンが途方に暮れていると、

「戦うのよ！　ドバイアン！」見れば女王が命令している。

「今戦わなくていつ戦うのかしら！　さあ、反逆者たちを沈黙させなさいっ！」

「命令するのやめてもらえませんか？　一応さっき私が女王になったんですけど？」

「確かにそうだけどそれ今気にするところか？」

「では上皇として命じます！　美少女仮面ドバイアン女王よ！　戦いなさい！」

「……確かにこの状況では戦うしかないようですね」ドバイアンはそう言うとステッキを取り出す。

「ドバイマジック・メタモルフォーゼ！」

胸元についているブローチの変身ボタンを押すと、ブローチからは玩具っぽい電子音がする。ドバイアンは腕を振る。

「夢ある限り頑張りましょう！　ゴール駆け抜けるまで！　美少女仮面ドバイアン！」ステッキを構えて、マントを振って格好良くポーズを決めた。

「さすがは本物！　かっこいい！」

「第三次世界大戦は、この私が食い止めてみせます！　はあああ！」セレブ達へと突進していく。

爆発や怒号や悲鳴が轟く中、ドバイアンはステッキを駆使して戦う。バッタバッタとセレブ達をなぎ倒すが、中には腕に覚えのあるセレブなんかもいて、アクション映画さながらの格闘なんかも展開される。そんなセレブにはジャスタウェイが駆け付けてきて、後ろ足の蹄鉄部分で思いきり蹴っ飛ばす。

「ぐはあっ！」地面をすべりながら気絶する武闘派セレブ。

「つぎっ！」ドバイアンはアムロが操るガンダムのごとく次々にセレブを倒していく。やられて倒れたセレブを結束バンドで拘束していくのが大和屋の仕事となる。

一〇分後にセレブ全員を退治して、二〇分後に彼らが動かした軍隊や政府にあれは間違いだったと訂正させることに成功した。

「これで、第三次世界大戦勃発の危機は去ったんですね」と大和屋。

「いい戦いでした。ドバイアン」元女王はほほ笑む。

「これで危機は去ったのですね……」

「そうです。あなたが世界の危機を救ったのです。本当に、よくやってくれました」

「当然のことです。なぜなら私は美少女仮面ドバイアンなのですから……」

ぱちぱちと拍手をする元女王。

「素晴らしいわ。ドバイアン……それに、あなた達も」女王はジャスタウェイと大和屋を見やり言った。

「いや、それほどでも……」照れる大和屋とジャスタウェイ。

「そうだわ。こうしてはどうでしょう？　いいえ、こうするべきね」

「？」

「ドバイアン。そしてミスター大和屋。あなた達、結婚なさい」

「ええ!?」

「私と、大和屋さんが？」

「そうよ。二人はお似合いよ。多少、年は離れているようだけど」

「私と、ドバイアンが結婚……」よからぬ妄想で頭が一杯なのは大和屋の表情を見ればよくわかる。

「…………」その様子を見て若干引いているドバイアン。

「上皇として女王に命じます。ドバイアン女王は、その者、ミスター大和屋と婚礼の儀を行い、彼を第一国王として迎えなさい！」

「よっしゃあああああああ！」歓喜の雄叫びをあげる大和屋。

「ひひーん！」ジャスタウェイもこの男はどうせ結婚できないだろうと思っていたので良かったじゃんと思っている。

「私は……」ドバイアンは一同を見渡す。

「私はまだ未熟者……ドバイの女王になるにも、結婚するにも経験も勉強も足りません。ですから、今はまだ、大和屋とは結婚を前提としたボーイフレンドという関係でいたいと思います」

「……ミスター大和屋はそれでも？」

「もちろん構いません！」

「しかし、私はドバイの女王のことを憎んでいましたが、尊敬もしていました。特に一妻多夫制度を……」

「え？」首をかしげる大和屋。

「だから私は、一ガールフレンド多ボーイフレンド制を取り入れようと思います！　みなさーん！」

「はーい！」多数のボーイフレンドたちが格納庫のあちこちから姿を現す。

「なにぃ!?」

「…………」あーあと思い顔を覆うジャスタウェイ。

「ふざけるな！　こんな話聞いてない！」

「何言ってやがる！　新顔のくせに生意気な！」ボーイフレンドの一人がドスを利

かせて恫喝。

「とりあえずお前、生意気なんで一発殴らせろ！」

「殴らせろ！」ボーイフレンド達が拳を握り締める。

「うわ、ちょっと、暴力反対！」そう言うと後退りして逃げ出した。

「…………」ジャスタウェイも大和屋を追った。

「待ちやがれっ！」

「冗談じゃないっ！」

逃げていく大和屋とジャスタウェイ、追いかけるボーイフレンド達。格納庫から遠ざかっていった。

「ふふ……」元女王は笑みを浮かべる。

「ふふ……」ドバイアンも笑みを浮かべた。

「たーすけてくれえええええええええええ！」

逃げる大和屋、並走するジャスタウェイ。追いかけてくるボーイフレンド達。その形相は飢えたオオカミのごとし。

必死に逃げる大和屋もオオカミから逃れんとする羊のごとし、バラクーダに食べられそうになっているアジの群れの中の一匹のごとし。

「！」

必死に逃げまどっている大和屋がおもむろに気づく。チョコレートパフェ&ごはんを食べる人物がもう一人いたことに。

昔話つづく。

北海道日高町・功労馬用放牧場09

「ごはんをおかずにチョコレートパフェを食べるという大和屋さんの知り合いって誰だかご存じですか？」

ジャスタウェイは犬山らに聞く。

「さあ、私には想像もつきませんが……」

「まあ、そうでしょうね。彼ととても近い人物だったんですが……食に関するこだわりが強く、知ってるお店や紹介してくれるお店はどれも美味しい良い店ばかりだったと大和屋さんは言ってました」

「確か大和屋さんって脚本家の人だったんですよね？」

「ええ、あの人は、それはもう人望がなくてですね……大金を稼いだと世の中に知られるようになってからは、さらに怪しい人間達がじゃんじゃん近づいてきて、裏切られたり騙されかけたり、どんどんと人間不信に陥っていって、人とのつきあいがさらに狭くなっていった時期でした……」

下北沢・バー「RUIN」血塗られた真実

下北沢の雑踏を抜け、人の波が少し落ち着いた狭い道沿いにあるビルのエントランス。居住者用エレベーターの脇にある薄暗い階段を下りていくと、そこには異世界への入口かのような扉が待ち構えている。ガウディが作ったかのようないびつでねじ曲がったタイル張りの外装。大和屋が住んでいるマンションのほど近くに存在するバー「RUIN」だ。そこは大和屋が引き起こした下北沢のプチ好景気の中心地ともいえる場所。数えきれないほど宴会が開催された。その度に従業員の女の子全員に（大和屋本人ではなく浦沢が）一杯奢ってはお礼の笑みを振りまかれていた思い出の店。まだ営業前の人気のないその場所へ、大和屋は扉をゆっくりと開けて入っていく。

店の中で一番に目につく天井に張り付いた巨大なトカゲのオブジェが赤い目を光

らせている。間接照明が最小限の光を発生させている店内のカウンターの真ん中、大和屋に背を向け座っている男は、モエ・エ・シャンドンのボトルを一人で独占している。

「まさかあなただったとは、思いませんでしたよ……」

大和屋は背中に向かって語り掛ける。

「……」しかし男は微動だにしない。

「すべての元凶……浦沢さん！」

カウンターの男、それは紛れもなく有名な脚本家、浦沢義雄本人だった。息子の古いTシャツを着こんだ彼は返事をする代わりにシャンパングラスを掲げ大和屋の言葉に応える。

「まさかとは思いましたが、調べさせてもらいましたよ。あなたはドバイの女王の夫になった大道芸人の横綱と古くからの友人だった」

「なんでわかったんだよ？」

MOET
MOE
&
CHANDoI

「きっかけはチョコレートパフェをおかずにごはんを食べる横綱とドバイアンの習慣です。なかなかそんなことをする人間はいませんし、浦沢さんの場合はチョコレートパフェをおかずにごはんを食べるのではなくごはんをおかずにチョコレートパフェを食べていたので最初は気づきませんでした……でも、よくよく考えたらやってることは同じだった。あの食べ方を横綱に教えたのはあなただったんでしょう？」

「…………」図星なのか浦沢は何も答えない。

「覚えていますか？　僕があなたに弟子入りして間もない頃、あなたはおもむろにチョコレートパフェを頼んだ先で、ごはんを取り出して一緒に食べていた。そしてその食べ方を僕にも勧めてきた。一緒に食べるとおはぎみたいでとても美味しいと」

「よくもそんな昔のことを覚えてたな……だが、それがなんの証拠になるっていうんだ」と浦沢。

「とぼけても無駄ですよ。警視庁の高木って刑事が知り合いにいるんで調べてもらったんです。大道芸人を始める前、横綱は相撲部屋ではなくあなたと同じ放送作家の事務所にいた。横綱の遺品の中にあった美少女仮面ポワトリンのVHSもただの偶然じゃなかったんだ！」

大和屋は浦沢を指さし叫ぶ。そして続ける。

「どうです？　今日はわざわざ紺のジャケットに赤の蝶ネクタイをつけてきた甲斐があったってものでしょう？　なんたって真実はいつも一つですからねぇ」

「……それで全部か？」

「いいえ、違います。どこまでが陰謀なのか測りかねていましたが、まさかあのドバイアンまでがあなたの差し金だったとは思いませんでしたよ」

「へぇ……そこまで調べ上げてたのか」

「いろいろと裏を取らさせてもらいましたがさすがにこれには驚かされました。横綱の娘、ドバイアンこと横綱杏はあなたの愛人だった。父である横綱と知り合いであることを利用して彼女に近づき口説き落とし、会うたびに小遣いを渡して意のままに操れるようにしてから、ドバイアンの募集記事をさりげなく見えるところに置いておき、彼女自らドバイアンのオーディションに参加するよう仕組んだ。彼女はまんまとあなたの策略にはまり、僕を陥れるための刺客としてドバイへ送り込まれたんだ」

「さすがに物語が壮大すぎるだろ?」

「彼女はそれに見合う美貌の持ち主だったし、勝つためだったらなんでもやるという決意をしていた。さらにあなたは某アニメ会社の幹部に手を回しオーディションの審査に口添えするよう指示を出していた。現在進行しているドバイとの合作映画には、女王の財団も一枚噛んでいたことは調査済みですよ」

「ちっ……」

「どうしてなんですか……? いつもメシ奢ってたじゃないですか。なんで僕のことを陥れるような真似をしたんですか!」大和屋がなじるような口調と悲しみの視線を浦沢へと投げかけると、

「ずっと考えていたんだ……なぜ、お前だったのかってな」

「？」

「天皇賞の時の栄光に満ちたセレモニー。何万人ものファン達の祝福。そして一億もの金」

「一億三〇〇〇万です」すかさず訂正する大和屋。

「なんで天皇賞を勝ったのがお前の馬だったんだ！　なんで大金と名声を手に入れたのが俺じゃなかった！　俺だったらよかったのに！」

「いったい、何を言ってるんですか⁉」ドン引きの表情をした大和屋は、浦沢の訴えに理解が追いついていない。

「ふざけるな！　人の成功なんて見たくないんだよ俺は！　俺は、俺は自分が成功したいんだっ！　それに、お前が勝ったって俺には何もいいことないじゃないか！」

口からつばとシャンパンを飛ばしながら浦沢は叫ぶ。

「あんたそれでも師匠か！　弟子の成功を祝福できないなんて人間ができてなさすぎる！　人の金でさんざんシャンパン開けまくってたくせに！　知らない奴にも俺

の金で飲ませてたじゃないか！　ふざけるな！」

「ふざけてるのはどっちだ！　そんなきれいごと言ってる暇があったら俺に金をくれ！」

「だからいつも奢ってるだろうが！」

「奢ってもらっても嬉しくない！　金をくれ！　キャッシュだ！　福沢諭吉だ！　諭吉を束でよこせっ！」

「いや、なんなんすかその理屈……」

「あの時、俺のマンションを買ってくれればよかったんだ！　二億で！」

「八〇〇〇万で買ったって言ってたよな！　最低だなあんた！」

「今からでも遅くない！　俺に家を買ってくれ！」

「僕だって家なんて持ってないのになんであんたに買ってやらないといけないんですか！」

「じゃあ土地買ってくれ！　二子玉の駅近に最低二〇〇坪の広い土地が今売りに出

てるからっ！」

「やなこった！　その前にインプラントの時に貸した金、返してくださいよ！」

「冗談じゃない！　そんな金一生返さないからな！」

「だったらもう奢ってやらないからな！」

「俺はもうお前とメシを食う時に金はいっさい払わない！」

「それでも師匠か！　先生か！」

「先生って呼ぶなっ！　馬鹿にしてんのかっ！」

「わざとですよ！　先生って言われたら嫌だって知ってますからね！」

「この……」浦沢は怒りの眼差しで大和屋を睨む。

「…………」やる気かと大和屋も浦沢を睨み返すと、

「ギョウ！　俺と結婚してくれ！」手を差し伸べて浦沢が叫ぶ。

「何言ってんだあんた⁉」口あんぐりで突っ込む。

「まずは結婚を前提に付き合おう。なんならギョウの子供を産んでもいいと思っている。そして俺は想像妊娠した挙句、金の卵ではなく金の胎児を産んでいつまでも幸せに暮らしましたとさ」

「だから何言ってんだあんた！　暮らさないから絶対に！」もう突っ込む以外に選択肢がない大和屋は必死。

「そうか、なら正直に言おう。お前の心なんてどうでもいい。ギョウ！　お前の金だけが目当てだ！」

「二度あることは三度ある！　何度でも突っ込ませてもらうけど、何言ってんだあんた！　意味がわからない！」

「正直は貧乏人の美徳。財産なのだ！　インドの偉いお坊さんのありがたい言葉だ」

「知らないからそんなこと……」大和屋は疲れてきている。

「黄金の胎児、黄金の息子……名前は何にしようか……うふふ」妄想を開始する浦沢。顔がにやけている。

「だから……何言ってんだあ……」大和屋がそこまで言うと、いきなり扉がバンと開かれ、ドバイアンのボーイフレンド達が店の中へとなだれ込んでくる。

「⁉」はっとして入口を見やる大和屋と浦沢。

「いたぞっ！　大和屋だ！」ボーイフレンド筆頭が大和屋を指さし叫ぶ。

「見ろ！　浦沢もいるぞ！」

「ドバイアンがこんど浦沢に会ったら絶対ぶっとばすって言ってたから、俺達がかわりにぶっとばしても問題はなかろう！」とその仲間も言う。

「浦沢さんもなんか恨まれてるんすか？」

「いや、最近面倒なんで電話に出ないようにしてたから……」

「二人ともまとめてやっちまえ！」

「浦沢さん！　逃げますよ！」壁際まで下がっていた大和屋が浦沢に囁く。

「お、おう！」

「！」大和屋はとっさに照明のスイッチを落とし店内を暗闇に。

「なんだ！」いきなりの暗転に混乱するボーイフレンド達。その混乱に乗じて大和屋と浦沢は勝手知ったる店の中を暗闇であることをものともせずに走り抜けていく。

重い扉を開けて薄暗い階段を駆け上がり、大和屋と浦沢は夜のとばりへと駆け出した。

「待ちやがれー！」

「待てと言われて誰が待つってんだよ！」「一昨日きやがれっ！」やけに息の合ったセリフがぽんぽんと飛び出す。

「それじゃ、二軒目はいつものあそこで」

「おう。あいつら巻いたらレディジェーンで合流なっ！」そう叫ぶと二人は別々の方向へと進んでいく。

「橋本さんも呼びましょう！」

「それじゃあタツにも声かけておいて」

「了解っ！」

こうして、二人の少しメタボリックなシルエットと長い影は下北沢の町の中へと溶けていった。

草を食む。

北海道日高町・功労馬用放牧場10

「大和屋さんの師匠の、浦沢さん……」

「ええ、なんていうか、世の中はとても狭いと感じる瞬間です。イッツアスモールワールド、世界中どこだってって感じです。日本、ドバイ、横綱、ドバイアン、女王、脚本家、すべてが繋がっていただなんて誰が想像しえた……でしょうか？」ジャスタウェイの頭の上の薬缶についているLED部分が赤く点滅を開始する。

「……ピコピコ？」猫子は点滅にすぐ気がついた。

「しかし、どこまでが浦沢という人の策略で、どこまでが偶然なのか……？」腕組みし考え込む犬山。

「そうなんです。それこそが……私も、不思議に……思って……思って……思って……」しゃべりがぎこちなくなっていくジャスタウェイ。LEDの点滅がさらに速くなる。さすがに犬山も異変に気付く。

「あの、どうかしたんですかね?」と犬山。

「大丈夫ですか!?」と猫子。

「私は……私は……わ……」とジャスタウェイ。

「ジャスさん?」猫子がジャスタウェイを見ると、頭の薬缶からしゅーと煙が噴き出した。

「薬缶が!」

すると、ころんと薬缶がジャスタウェイの頭から転げ落ちる。

「…………」落ちた薬缶を拾い上げる犬山。

「ジャスさん……」猫子はジャスタウェイを見つめる。

「…………」ジャスタウェイも見つめ返したかと思ったが、何も言わずに反転し、お尻を見せて、草を食む。

「あの、ジャスさん!」

「………」ジャスタウェイは答えず。おもむろにうんこをした。

「ジャスさん……」ちょっと寂しい猫子。すると、傍らに薬缶を持った犬山がやってくる。

「どうやらAIが壊れていたようだ」

「え？」

「もともと怪しいと思っていたんだが、これはAIのいたずらだよ」

「いたずら？」

「AIが僕らをからかって創作した作り話ってことだ」

「そんな……でも、とても真に迫っていたけど」

「数年前の生成AIだって、これくらいの作り話、いくらでも作っていたさ……そういわれてみれば生成AIっぽい内容だったかもしれない」

「ジャスさん！」猫子が大声で呼びかけてみるが、

「………」ジャスタウェイは反応もせずに草を食べている。

「ジャスさん……」さらに悲しくなってみせる猫子。

「行こう。この薬缶にはさらに研究と改良の余地ありということだ。かなり面白い話だったけどな」

「全部、嘘だったって言うの……？」猫子はそうつぶやくと、ぶるると寒さに身をすくめ、

「……はっくしょん！」とくしゃみ。

「濡れた服を着替えないとな、風邪をひいちゃうよ。これ着ろよ」そう言うと犬山は猫子に自分の上着をかけてやる。

「ありがとうございます。でも、本当にこれ着ろよって上着をかけたりする人、この世の中にいるんですね」

「引っかかるとこそこですか？」

「…………」すると、ジャスタウェイが草を食むのを中断し、顔を上げる。

「!?」猫子は何か起きるのかと期待してみるが、ジャスタウェイはこちらを向いて

はくれない。しかし遠くの異変を感じてか、耳をぴくぴくと動かして、異変の方向へと顔を向け、様子をうかがう仕草をしてみせる。

「ん？……なんだ」つられて犬山も遠くを見ると、微かにたくさんの足音と人々が大声をあげているのが聞こえ、その騒音が近づいてきている。

「？」猫子もそれに気づき、音の方を見やると、

「まーちーやーがーれーーーーーーー！」怒号と罵声が飛び交っている。その集団の先頭には、年老いた浦沢と大和屋が、そして追いかけるのはドバイアンと馬肉職人、ボーイフレンド達だ。

「あれって……」

「年老いているが間違いない。あれは大和屋と浦沢だ！」

「それじゃあ、追いかけてるのって……」

「ドバイアン！」二人は同時に声をあげた。

「二人ともお待ちなさーい！」とドバイアンがステッキを振り上げ叫ぶ。

I ♥ MINCE

「待てと言われて誰が待つもんか！」と叫び、ニヤリとして逃げていくのは年老いた大和屋と浦沢だった。

「いいか、ギョウ。これだけは言っておく」

「なんですか？」

「お前、昔俺に向かって二度あることは三度あるって言ってたよな？」

「そんなこと言いましたっけ？」すっかり大和屋の記憶からは消え失せていた。

「確かに二度あることは三度ある……だがしかし、人生に二度目はないんだ！」浦沢はめずらしく相手の目を見て言った。

「……もしかして、なんかいいこと言おうとしてますか？」驚愕の表情で大和屋が浦沢を見やると浦沢は走りながら叫ぶ。

「そう……人生は二度ない。三度ある！　だから俺と結婚してくれっ！」

「まだ言ってるんですか!?　……っていうか本当に三度あるんですかっ!?」

「頼むっ！　俺にお前の子供を産ませてくれっ！　男の子と女の子、どちらも一人ずつ授かりたいと思っているがどうだ!?」

「人生三度あったとしてもそれは断るっ！」

呆然とする犬山と猫子の横を通り過ぎ、二人は去っていく。

犬山と猫子はそんな二人の背中を見つめ、

「……何言ってんだあんた達」突っ込んだ。

「お待ちなさいぃぃいいいいいいいい！」

「待ちやがれえええええええええええ！」

二人を追うドバイアンやそのボーイフレンド達も走り抜けていく。

「…………」ジャスタウェイはしばし一行を見つめていたが、空を見上げ、ぶふぅと音をたて息を吐き、そして今日も平和に青い草を食むのだった。

完

あとがき

この本はいったいなんなのだろうか？　初稿を書きあげた後に行われた打ち合わせで最初に話題になったのはこのことでした。でたらめ空想小説、いんちき妄想読物、偽ドキュメント、SF伝言小説。いろいろ話したり考えたりして落ち着いたのは「きてれつ・フェイクドキュメンタリー風小説」というなんだかよくわからない着地点でした。もともとは実話をベースにしているので間違いではないのですが、その実話を本人ではなく師匠が競馬についてなんの知識もないままに嫉妬と勢いだけで書き上げたプロットを基に、その実話の当事者が主役となりその小説の文章を書き上げるというなんともわけのわからない設定で、自分でもかなり混乱しています。そんな混乱した自分が混乱したままに書き上げた大和屋暁とはどんな人間なのだろうと読み返してみましたが、ぺらぺらな感じがしてなかなかよろしいんじゃないかと思いました。ちなみにプロットの段階では作品の中に浦沢さんの姿は影も形もありませんでしたので、自分だけがさらし者になるのがとても嫌だった僕が勝手に入れ込みました。浦沢さんの人となりが少しでもわかるよう作品内で僕とかわされたやりとりはほぼほぼ実際になされたものが使用されていますのでぜひ参考にしてみてください。

読んでいただければわかるのですが、この作品には主張もメッセージもありません。読んだあとは特に何も残りませんし、良かったなぁとも悪かったなぁとも思わないでしょう。そんな内容ですのでせめて後世に残す意味を持たせるためにあまり知られていない浦沢さんと、ついでに少しだけ僕について書いておこうかと思います。浦沢さんと僕とは子供のころからの知り合いでした。浦沢さんは、毎年僕の家で私の父親（大和屋竺）と『ルパン三世』の文芸だった飯岡順一さんが主催していた（鈴木）清順さんを囲む会（という名の忘年会）に参加していました。皆でやってきて酒を飲みふぐを食べ、真っ先にソファで寝ていた印象となんだか面白いおじさんだったと記憶していました。そんなおじさんが『美少女仮面ポワトリン』や『不思議少女ナイルなトトメス』や『とっても!ラッキーマン』を書いていると知り、「浦沢さんは実写のほうが断然面白いですよ」とか何も知らないただのガキが本人に向かって言っていました。今考えるとよく殴られなかったなと思います。そんな生意気な子供が大人になって、大人になりたくないという一心から学歴が無くても馬主になれる可能性がありそうな脚本家という職業に目をつけ、ならばこの人に弟子入りしたいと、浦沢さんに頼みにいくと二つ返事でいいよとのお言葉を貰います。脚本家って簡単になれるのかと思ってみましたが、そこで僕は今回お世話になるリトルモアへとアルバイトとして送り込まれることになるのです。一年間本の運搬などをさせていただきましたが本当にもう大変な一年間でした。しかしこの時の経験があったからこそ脚本家としてここまでやってこれたのだと今でも固く信じています。本当に良い経験をさせていただきました。ありがとうございました。そんなリトルモアで一年を過ごした後に『忍たま乱太郎』で脚本家としてデビュー。その後は色んな人にお世話になりながらなんとか脚本家を続けてくることができました。デビューして数年がたち脚本家としての仕事が軌道にのりはじめると、仕事終わりに浦沢さんと一緒に飲むようになりました。僕がデビューしたての頃、浦沢さんは禁酒していたのでその間は無かったのですが、飲酒を解禁しがばがば飲むようになってからはかなり頻繁に一緒に飲み食いしたかと思われます。浦沢さんは基本的に食は綺麗な方で、紹介してくれるお店は皆美味しくほとんどはずれはありませんでした。ただし昔から飲み始めるとすごい勢いでガブガブ酒を飲み、一九時前には眠ってしまうのです。一時休憩をとって復活することも稀にありますが、ほとんどの場合タクシーに乗って帰ってしまうのでした。そんな美食家の浦沢さんがシャンパンに嵌まりだしたのは僕が馬主資格をとったのと同じ頃だったでしょうか。モエ・エ・シャンドンでは飽き足らずシャンパンはヴーヴ・クリコが一番だと店に行ったら必ずボトルを頼むようになり、さらにはボトルのない店には行かないようになり、酔っ払って店の従業員や見知らぬ客にまでシャンパンを振る舞いだしたのは僕や兄弟子の橋本（裕志）さんが飛ぶ鳥を落とす勢いで働いていたからかもしれません。ちなみに僕だけでなく橋本さんが払ってくれる時もかなり多かったからなんとか続けてこられたのだと思います。僕はあの頃シャンパンという飲み物が大嫌いでした。そんな僕の気持ちを知ってか知らずか浦沢さんはドンペリは美味しくないと頼まなかったのだけはお財布には救いでしたが、我々がよく酒を飲んでいた下北沢界隈でシャンパンなど置かないような店にまでヴーヴ・クリコが置かれ始めたのは浦沢さんのせいにほかなりません。自分ではボトルの半分も飲まないくせに調子に乗って三本開けましたなんて日がざらにありました。その支払いが大和屋、大和屋、橋本、大和屋、大和屋、橋本のローテーションの持ち回りだったので、某飲み屋さんのマスター達は下北の大和屋バブルと呼んでいたそうです。

ジャスタウェイの引退とともに大和屋バブルも去って浦沢さんのシャンパン時代も終焉を迎えます。浦沢さんは僕と同じくお財布にも体にも優しいレモンサワーを好むようになり、食事も暴飲暴食から少しずつ距離を置くようになりました。僕たちは数えきれないくらい一緒に酒を飲みましたが、仕事の話はほとんどしません。この前行ったどこの店がうまかったとか季節の花や植物の話をするのが好きで、一年に一度食べたくなるのは鮨のシンコにあられ蕎麦。基本的に意味のある会話はほぼほぼなされることはなく、大体の場合は本編で話しているようなののしり合いなんかが為されていたかと思われます。裏表のないさっぱりした性格ですが、生粋の北千住っ子ですので初対面の人に「お前は血が冷たそうだ」とか、いろいろと酷い言葉を投げかけては嫌われたりするのですが、本人に悪気はありませんし、我々が覚えているだけで本人は言ったことすらすぐに忘れてしまうのです。そんな最初のハードルを乗り越えて仲良くなった人にはとても優しく、律儀で気をつかいますし、僕と異なりよっぽどのことがない限り人を切るようなことはしない人です。さらに驚いたことに自分より収入が少ないライターさんや俳優さんなんかにはいつもご馳走しているようです（僕がいるときはそういうことはしませんけど）。たまに本気で怒るととても傷ついたような顔をするのであまり喧嘩になるようなことはありません。師匠ではあるものの弟子が嫌がるようなことはしませんし、させたりすることも基本的にはありません。たまにインプラント入れるんで金を貸せとか、今回みたいにお前が俺のプロットを小説にしろとかいう無茶ぶりはあったりしますが、一緒にいてとても気持ちがいい、こんな人が師匠で僕は本当に良かったと思います。

デビューしてから現在まで、たくさんの仕事をご一緒させていただきました。楽しく面白かった仕事や、思い出したくもないくそみたいな仕事、売れなかった仕事や、売れなかったけど今になっても話題になっているような仕事もありますが、今は『名探偵コナン』のTVシリーズに二人一緒に参加しています。なぜ参加することになったかというと冒頭で話したルパンの文芸だった飯岡さんがシナリオ会議の中心であるストーリーエディター（シリーズ構成みたいなポジションです）をやっていて、酒の席で書いてみないかと誘ってもらえたのがきっかけでした。めぐりめぐって飯岡さんと仕事をするのは浦沢さんにとってはルパンからの戦友ですし、僕からすれば生まれて初めてゴルフの打ちっぱなしにつれていってくれた（お陰様でゴルフの道は諦めました）おじさんへの恩返しという形といえばよいでしょうか？

我々は、原作だけでは放送がまかなえないのでオリジナルで話を作るのが役目なのですが、ミステリーというジャンルが既にとんでもなく難しく、さらには数十年も放送している番組ですので普通の人が考え付くような内容の話はすべてやりつくされていて、プロットを通すことが至難の業と言っていいような番組です。たくさんの駆け出しのライターが有名になりたい、自分の経歴に箔をつけたいとの理由で紹介してくれといってプロットを提出してみるも、その高い壁にはね返され何の挨拶もなくいなくなるような番組です。実際僕も何人か紹介しましたが、物になった人間は一人もいませんでした。中には半年以上かけてようやく一本ものになりましたみたいな人もいましたし、書けなくなっていなくなる人も、肩を叩かれやめさせられた人もいたようです。そんな厳しい現場でシナリオをコンスタントに書き続けることができる浦沢一派はかなり優秀なのではと僕は思います。最近ではX（旧ツイッター）で「浦沢脚本」「大和屋脚本」がトレンドになるぐらい話題を集めているようですし（ちなみに最近話題になった回では「あかべこべこべー」というセリフを流行らせてやろうと思っていたのですが……）番組のトリックとか事件とかとは別に誰が脚本かを推理させる番組なんて、なかなかなくて面白いことになっているような気がします。

と、ここまで書いて気がつきました。ぜひともコナンで浦沢脚本か大和屋脚本か気になっている人達にこの本を読んで欲しい！　どこが浦沢でどこが大和屋が考えたことなのか、ぜひとも推理し見極めていただきたいです。このセリフは浦沢さんでこの描写は大和屋で、この設定は浦沢さん、このキャラクターは大和屋だ……などいろいろな楽しみを見つけ出していただければ幸いです。後にも先にもこの本だけの師弟の共同作業です。とてもレアですし、おそらく今後こんなことは二度と実現しないでしょう。何かの間違いで話題になってくれると書いた甲斐もあるというものです。とはいえ僕個人としてはこんなにたくさん浦沢さんについて書くことができて良かったような気がしています。浦沢さんの人となりについてまとまった形で書く機会なんて今後あまりなさそうですし……。とにもかくにも現在七二歳の現役バリバリ脚本家の師匠には、あと三〇年くらいは頑張ってシナリオを描き続けて欲しいです。本人もローンがあるから書き続けられると言ってましたので、コナン、乱太郎、さらにはまだ見ぬ新作とぜひ変わらぬ浦沢節を披露していってほしいものです。そんなこんなで長い長いあとがきの最後に浦沢さんの座右の銘をここに記します。

「人生は二度ない。三度ある！」

「それでは皆さんご一緒に……何言ってんだあんた！」

あとがき　その2

あとがきは二度ない。三度ある。と突っ込まれそうですが、経緯を説明する必要があるので書かせていただきます。

現在は二〇二四年の夏、本文を書き終えてすでに七ヶ月以上が経過しています。本文が決定稿になっているのに本になっていないのには訳があります。それは挿絵ができてこなかったからなのです。なぜかというと、挿絵を描く人物がとても忙しいからです。なぜそんな忙しい人に挿絵を依頼したかというと、こういう経緯があったのです。本文を書き終えてもうほとんど仕事が終わった気分でいると、担当編集の大嶺さんとリトルモアの社長である孫さんから、この小説にはアニメっぽい挿絵が必要だと申し入れがありました。その時私は、師匠も私も『名探偵コナン』の脚本を書いているので是非ともコナンのスタッフの方に描いて欲しい、なんだったらコナンの容疑者風の私と浦沢さんを是非描いて欲しいと思いました。なんだったらコナンファンの皆さんにコナン関係の書籍と間違って買って欲しいとか思いながら……というわけでいつもお世話になっているコナンの文芸であり、コナンのストーリーエディターであるトムスの小宅由貴恵さんに相談することになりました。すると小宅さんは、実際に我々の顔を見知っていて絵を描けるスタッフならば、総合的に考えてコナンの監督である山本泰一郎さんに依頼すべきだと提案してくれ浦沢さんも私も異論はなかったしそれが最高だと思ったのです。監督は元々アニメーター出身で私がコナンで脚本を担当している『歩美の絵日記事件簿』シリーズの絵日記の絵を担当してくれています。ほかにも毎年のカレンダーの制作や、重要話数の作画の修正やなんかもやっているでしょう。多分。描いてくれればコナンの監督、脚本、脚本と、メインスタッフ勢ぞろいということで『名探偵コナン』と間違って買ってくれる人間がさらに増えるのではないかとニヤニヤしてしまいました。しかしそんな安易な考えは監督の忙しさに吹き飛ばされることを、その時の浦沢さんと僕は知る由もなかったのである。

……半年後。

忙しいことを理由に半年間依頼を塩漬けにされてしまいました。さらに何度か進捗を聞いてみたり、催促をした結果、忙しいからできないと断られてしまったのです。半年待たされたうえに断られるなんていう体験をしたことがなかったので浦沢さんと私は混乱しました。「ギョウ、お前が挿絵を描け」なんと浦沢さんは、挿絵の作業を私に振ってきたのです。

そんな流れで数十年ぶりに鉛筆を購入し悪戦苦闘しながら私が仕事の合間に絵を描いていると、小宅さんから連絡がありました。なんか監督が表紙だけなら描いてくれるみたいです。どういう心境の変化なのかと理由を尋ねると、原稿を読んで楽しくなったみたいですとの返事がきました。まあ、楽しんでくれるならば問題はないだろう。ではぜひお願いします。と、私は引き続き挿絵の作業を続けていると、またしても小宅さんから連絡があって、練習のために挿絵を二、三枚描いてくれるそうです。ギャラの上限変わりませんけどいいですか？　良いそうです。ではよろしく。なんてやりとりの果てに、なんと山本監督の手で描かれた七点もの挿絵が届いたではありませんか！　浦沢さんも私も笑ってしまうほどそっくりですし、ジャスタウェイも凛々しい感じでデフォルメされています。馬肉職人、犬山に猫子にドバイアン……みな個性的で素敵なデザインに仕上がっております。これ全部山本監督がやってくれたのです。はっきりいって最高です……なのですが、人生でこんなにツンデレな目に遭ったのはこれが初めてだと言っておきましょう。

とまあそういうわけで、私が頑張って描いた挿絵は無情にもリトルモアの編集担当氏にボツにされました。ひどい……。温情のつもりなのか、巻末近くにまとめられています。ある意味レア素材なので皆さんありがたがっていただけると助かります。
私と浦沢さんだけならばアングラ案件で終わりでよかったのですが、山本監督がこんな立派なキャラデザをしてくださり、こんな立派な挿絵を描いてくれたとなれば、なんとか売れて欲しいと思うのが人情です。やはりＴＶ版の『名探偵コナン』を見て今週は浦沢なのか大和屋なのかと言っている方たちにはぜひ読んで欲しいですね。浦沢と大和屋が両方詰まっているうえに山本監督が絵を描いてくれているのですからもうほぼほぼＴＶ版の『名探偵コナン』みたいなものですので、ぜひ間違って読んでいただけると幸いです。

大和屋 暁

あとがき　その2

大和屋 暁による挿絵

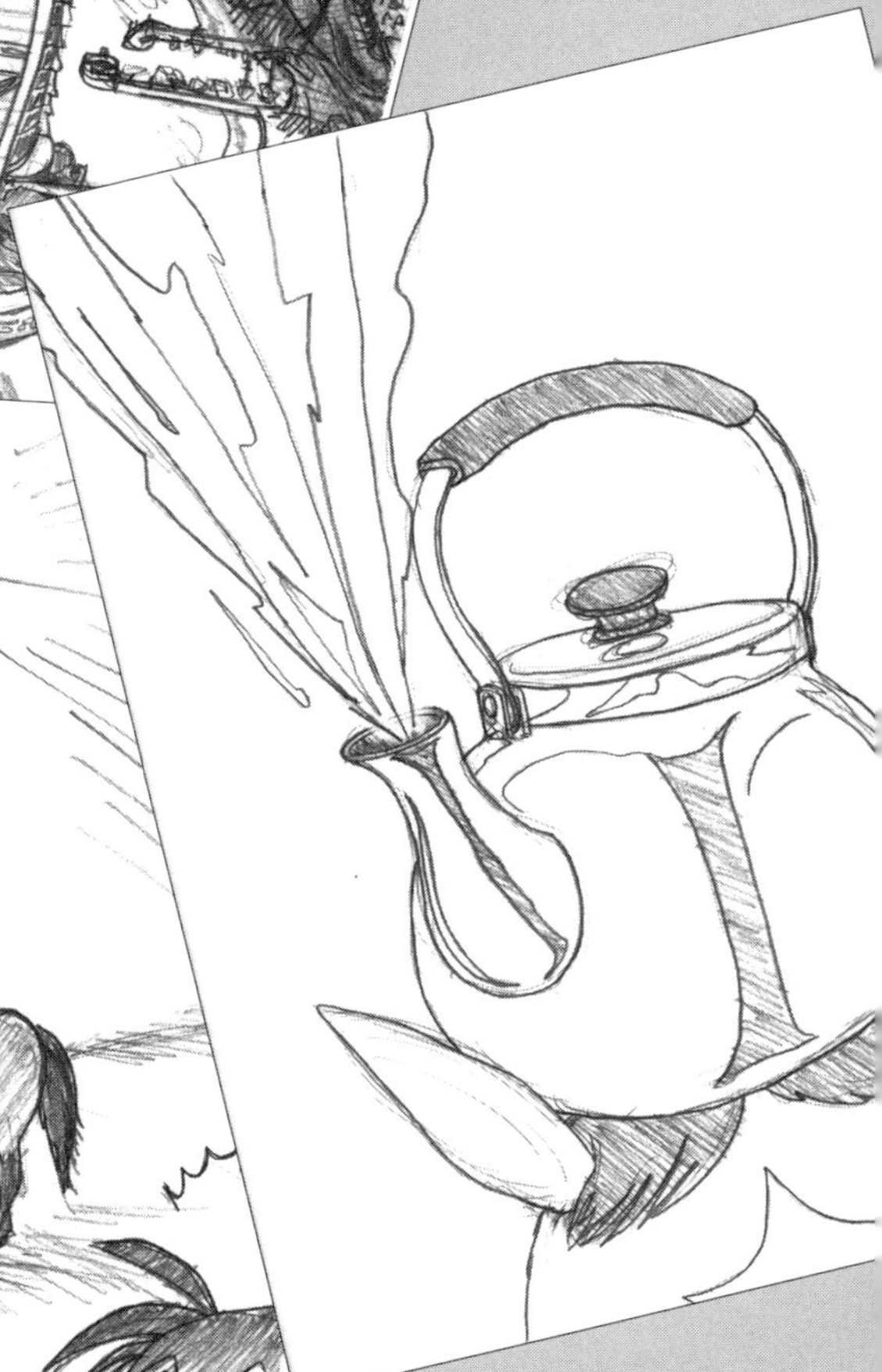

プロフィール

大和屋暁　やまとや・あかつき

脚本家・作詞家・ライター・馬主。浦沢義雄に学び、アニメや特撮の脚本を手がける。代表的な参加作品に『名探偵コナン』『忍たま乱太郎』『おジャ魔女どれみ』『デジモンアドベンチャー』『スーパー戦隊シリーズ』など多数。また、大の競馬ファンで若くして一口馬主に出資を始め、個人馬主として初めてデビューを果たした所有馬ジャスタウェイが大活躍。2014年度のワールドベストレースホースランキングでは、日本馬史上初の1位を獲得した。2024年9月現在の現役所有馬はカリボール、オシゲ、キングロコマイカイ、ヒヒーン他。

浦沢義雄　うらさわ・よしお

脚本家。1973年、「カリキュラマシーン」で放送作家、79年、『ルパン三世 (TV第2シリーズ)』で脚本家としてデビュー。81年から放送された東映不思議コメディーシリーズでは全シリーズに携わり、400本以上の脚本を提供。また、今や国民的アニメ『忍たま乱太郎』は、93年の放送開始からシリーズ構成・脚本を手掛ける。2019年からは『名探偵コナン』にも参加し、常に賛否を巻き起こす。長年にわたり、アニメ、特撮、テレビドラマ、映画の脚本を多数執筆し、23年には国際アニメーション映画祭「東京アニメアワードフェスティバル2023」にてアニメ功労部門顕彰者に選出された。

山本泰一郎　やまもと・やすいちろう

アニメ演出家・監督。アニメーターとしての活躍を経て、1991年に演出家となる。テレビアニメ『名探偵コナン』では放送開始当初から参加。劇場映画版でも原画、監督として数多く参加している。監督作に『名探偵コナン 漆黒の追跡者』『名探偵コナン 探偵たちの鎮魂歌』『名探偵コナン 沈黙の15分』など。

ぱからん

2024年11月1日　初版第1刷発行

著　大和屋暁
原案　浦沢義雄
絵　山本泰一郎

装丁　山﨑健太郎（NO DESIGN）

発行人　孫家邦
発行所　株式会社リトルモア
〒151-0051
東京都渋谷区千駄ヶ谷3-56-6
電話：03（3401）1042
ファックス：03（3401）1052
https://littlemore.co.jp/

印刷・製本所　株式会社シナノパブリッシングプレス

Printed in Japan

ISBN 978-4-89815-597-4